えんご

柿井 優嬉

東京図書出版

「最初に会ってから、どれくらいになるんだい？　私にとっちゃ、あっという間だけど、ずいぶん経つのかねー」

それほど都会でも田舎でもない、住宅が中心の平凡な街なかの通りで、年老いた女性が歩きながらそう口にした。穏やかな性格ながら芯は強いと、見た目だけでわかる人である。

誰かと会話しているようにしか見えないが、そばに他の人の姿はなかった。

「あんた、本当に綺麗だったから、ずっと一緒にいてもらうことにしたんだよ」

その女性が歩いている道の端で世間話をしていた二人の主婦が彼女に気づき、目の前を通り過ぎると、片方の主婦がささやいた。

「木村さんとこのおばあちゃん、ボケちゃって、かわいそうにねー」

もう一方の主婦は、うんうんと気の毒そうにうなずいた。

年老いた女性は、腰が曲がっているが杖はついておらず、ゆっくりではあるけれどもしっかりとした足取りだ。

すると、背後から彼女を目掛けて、遊んでいる子どもが逸らせてしまったサッカーボールが転がってきた。

そのまま行ったら危なかったが、なぜか飛んできたカラスがそのボールを突いて方向が変わり、被害は及ばなかった。

彼女は近くの神社に足を踏み入れた。さほど広くない神社で、そのとき誰もいなかった。

「でも、もうお別れだ。私はもうすぐ、この世ともおさらばしなきゃならないからね。え？　うん、わかるんだよ。だから最後に私の望みを聞いておくれ」

進めていた足を賽銭箱の前で止めると、右手に握っていた一枚の小銭を投げた。

それは五円で、日の光で一瞬キラッと光り、賽銭箱に入っていった。

彼女は、目をつぶり、手を合わせて、ぽつりと言った。

「頼んだよ」

第一章

「仲田さん」

その声は、聞こえていたけど聞こえていなかった。耳には入っていたけれど、脳に響いてはいなかったのだ。私は浅い眠りの中にいるところを起こされているような状態だったのだろう。

「はい……」

「仲田さん！」

「は、はい！」

そこで、ようやく我に返った。ぼーっとしていたのだ。ドラッグストアでのアルバイトのレジの最中に。

目の前で四十歳くらいの男性のお客さんが、「おい、何してんだよ」といった感じの、怪訝な顔でこちらを凝視していた。

「し、失礼しました！」

慌てて会計をして、事なきを得た。

「フー」

安堵の息が漏れて出た。

それにしても、勤務中に、まるで付き合いたての恋人のように、満面の笑みでこっちに手を振るなんてことをするのはやめてほしい。しかも一瞬じゃなくて、けっこう長い間やるんだから、他の店員やお客さんに見られたかもしれない。

どうやら、今はこちらに背中を向けた体勢で、介護用品の棚のところでちゃんと仕事をしているようだと思ったら、今さっき私を呼んでくれた、隣のレジの江藤さんが話しかけてきた。

「なに、あいつと付き合ってんの？」

「いえ、そんな」

江藤さんは同じほうに視線があるし、やっぱり気づいていたようだ。私は思わずブンブンと音がしそうなくらい激しく、顔と手を横に振って否定した。

「じゃあ、コクられた？」

「えっ……」

江藤さんは、私の心の中はお見通しといった感じで微笑みながら続けた。

「別に言っても大丈夫でしょ。人前でもコクれるタイプだよ、あれ」

それは私も思う。本当のところは何回も交際を申し込まれているのだが、そのときの態度から考えても。それでも、なんとなく正直に話すのがはばかられて、「はあ」などとあいまいな返事をした。だけど告白されてないのなら「ない」と答えるはずだから、告白されたと白状したも同然だっただろう。

「口出しするつもりはないけどさ。もし嫌なら、はっきり断ったほうがいいよ」

そう言った江藤さんの前にお客さんが来た。

江藤さんは、見た目は少々派手だが、とても真面目で信頼できる人だ。年齢は二十歳で私の三つ上だけれど、対等な目線で話をしてくれる。二十歳といえば……あの人も、たしかそれくらいだとどこかで聞いた覚えがある。

再び棚のほうに目をやると、あの人、女性みたいな名前だけど男性の店員の五野円《ごのまどか》さんが、作業を終えたようで、また恋人に対してするような笑顔を私に向けて、こちらの方向に歩いてきていた。

「どうだった？　楽しめた？」

にぎわった会場を後にし、やっと周りの人の多さが気にならなくなった通りで、五野さんに尋ねられた。

「あ、はい。すごくよかったです」

歌手の村上悠香のコンサートに誘われたのだ。気乗りはしていなかったが、村上悠香は嫌いではなく、ライブは本当に楽しかった。五野さんには伝えていないが、こうしたライブに行くこと自体初めてだった。ライブを観ると、そのミュージシャンのファンになりやすいと聞いたことがあるけれど、なるほどなと納得した。

「あの、お金のほうは本当にいいんですか？」

「大丈夫だよ。もらったチケットだって言ったじゃん。信じてないの？　それよりさ、付き合うの、やっぱり駄目かな？」

え？　また、そんな軽く……。

「はい……。すみません」

「そっかー。しょうがないか。そういう約束で今日来てもらったんだもんね」

そうそう、そうです。交際するのは諦めるから、代わりに一回だけ遊びに付き合ってって言うので、OKしたんです。よかった。ごまかされたりするかと思った。

だいたい五野さん、モデルでもアイドルでもできそうなくらいで、モテるであろう容姿なんだから、もっといい人と付き合えると思うんだけど。なんで私に、こんなに何度も頼むんだろ？　人間、自分にないものを求めるっていうし、だからまったくタイプの異なる私なんかをいいと思うこともあるんだろうと理解していたけれど、やっぱり不思議だ。

「でも、ごめん。もう一個だけお願いを聞いてくんないかな？」

「え？」

嘘でしょ。

「実は俺、バンドやっててさ。曲の詞を書いてほしいんだ。女性が作詞をした曲なんてないから、新鮮でバンドの幅みたいのが広がるかもしれないし、好きだったコが書いてくれたってことで思い出にもなるしさ」

ちょっと待って。なに、それ。

「この通り！　やってくれたら今度こそ諦めるから、お願いします！」

五野さんは両手を合わせて、その手のほうが高い位置になるくらい深く頭を下げた。

……どうしよう。


「加奈子、何やってんの？」

「ひゃっ！」

高校の図書室で、座っているテーブルの座席の背後からいきなり声をかけられて、大きな声を出してしまった。

そんなに大勢ではないが、その場にいた他の生徒の視線が一斉にこちらに向いた。

「す、すみませんっ」

私は荷物を抱えて出入口へ急いだ。声をかけた友達の千晶もついてきて、廊下に出ると話しだした。

「ごめん。驚かせようとしたんじゃないんだよ。だけど、出てこなくてもよかったんじゃないの？」

「いや、ちょうど終わりにしようと思ってたところだったから」

「ふーん」

本当か疑っている顔だ。そして、それが微笑みに変わった。

「そんで、何書いてたの？　ラブレター？」

やっぱり目に入ってたか。

「違うよ。作詞。曲の歌詞」

あー、恥ずかしい。よりによって、試しに書いてみてた、ラブソングの詞を見られるとは。本物のラブレターを読まれちゃった気分だ。

「作詞？　そんな趣味あったの？」

「ううん。頼まれたの。千晶、代わりにやってくれない？　自由に、好きなように書いてくれていいから」

「え？　無理だよ。加奈子のほうができるでしょ。作詞は知らないけど、作文とか得意なんだから」

確かに、私は国語が一番の得意教科で、嫌いな人が多い作文や文章を書くことは苦ではない。

「だから作文ならいいけど、歌詞なんて作ったことないし、全然駄目みたいで何回もやり直しさせられてるんだ」

すると千晶の表情が真剣になった。私が思いつめたような顔をしたからだろう。友達思いで面倒見が良くて、だから頼りになるんだけど……。

「それって、なんでやってんの？」

「え？　だから、ちょっと頼まれて」

「誰に？」

「いや、まあ、その……」

「ねえ、誰に？」

言わないと収まらなそうだな。仕方ない。

私は事情を話した。

「なに、それー」

千晶は今度は怒った顔になった。

「きっと、向こうは加奈子のいい性格をわかってて、そうやって粘って関わりを続けてれば、そのうち付き合ってもらえると思ってるんだよ。はっきり言ってやんなよ。そこまでする義理はないし、もうやりたくないって」

「うん、でも……」

これで、ちゃんと諦めてくれるかもしれないしな。

「私が代わりに言ってあげようか？　あそこでしょ？　バイト先」

「いいよ、いいよ。そんなことして、ややこしい状態になったりしたら困るから」

たとえうまくいっても、その後気まずい感じになったら嫌だし。

「じゃあ、自分で言いなよ」

「うん……」

でもな……。

「え？　本当に？」

「うん」

驚いた。千晶に行動力があることはわかっていたけれど、ここまでとは。

なんでも、私を心配して、五野さんがどんな人か見にいったところ、少ししたら勤務を終えてしまったのだが、もっと素の部分を目にできるだろうと考えて、ドラマの刑事や探偵のごとく、帰っていく後を追ったという。

「それで？」

「駅に入っていったから、そのままついていって、バレないように同じ電車に乗って……」

「ええ？」

どこまで行ったの？

「降りた駅から十分くらいかな？　歩いていったら、遊具とかはない広い公園へ行ったの。そこで立ち止まって、二、三分かな？　したら、マスクをした若そうな女の人がそいつのもとにやってきて、二人並んでベンチに座って、話し始めたんだ。私、けっこう離れてたし、話の内容もできれば知りたかったから、近づいていったら、何か変だって五野って奴に感づかれたっぽくってさ。こっちのほうに視線を向けて、やってきそうだったんで、近寄るのをさりげなくやめて、そこで諦めて帰ったんだ」

「無茶し過ぎだよー。そんなことしなくていいのに」

ほんと危なっかしいんだから。

「ごめん。ただ、その、後から来た女の人、雰囲気的に五野って奴の彼女じゃないかと思うんだ」

「え。……ふーん」

だとすれば、いわゆる二股ってやつか。あれ？　私は付き合ってないから二股にはならないのか？　まあ、いいや。何にしても、五野さんならそういう行為をすることも十分に考えられる。

「だからさ、また言い寄られたら、今度は遠慮なく断れるじゃん」

「でも、彼女じゃないかもしれないんでしょ？」

別に、どっちにしても断るけど。それに今までだって、ちゃんと断ってきたんだけど。

「いいんだよ、本物の彼女かどうかなんて。いい？　まず言い寄ってきたとするでしょ。それも、はっきりと言わないで作詞みたいな小細工を仕掛けてきたとしても一緒。そしたら加奈子は、彼女がいるくせにと思って冷たい態度をとる。その時点で、しつこいからいいかげん怒ったかなと考えて引き下がるかもしれない。そうなればラッキーだけど、ならないで『どうしたの？』とか言ってきたら、『自分の胸に訊いてくださいよ。わかりますよね？』ってニュアンスの言葉を口にするの。そうすれば、本当にあの女の人が彼女なら、バレたんだと気づくだろうし、彼女じゃなくても、きっとあれのことだと自分なりの答えを勝手に見つけて、諦める可能性は十分にあるよ」

「はあ、なるほど……」

よく考えてくれたな。だけど、実際にそんなにうまくいくかな？


〈頑張って。いい報告、待ってるからね〉

千晶からのその文面を見て、バイト先へ向かっている私は携帯電話をカバンにしまった。せっかく千晶が私のために行動してくれたから、言われた通りにやってみようかと思うけれど、うまくできるかな。険悪な状態にはなりたくないから冷たい態度のさじかげんが難しいし、まったく想定してないことを言われたりしたら訳わかんなくなっちゃいそうだもんな。それに、最初から本気で怒ってないのがバレバレになるかもしれないし……。

「やあ」

「え？」

びっくりした。突然、五野さんが私の背後から目の前に現れた。店はもうすぐだけど、何だろう？

「これ、読んで」

手紙らしきものを渡された。

「じゃあ」

そう言うと、足早に去っていってしまった。

私は茫然として、少しの間その場に立ち尽くした。


「え？　辞めた？」

店に着いて、また驚いた。五野さんがバイトを辞めたという。

「うん。今日、あいつ、休みの日じゃん。なのに電話してきたから、何の用かと思ったら、理由も言わずにそれだけ告げたらしいよ。せめて店に足を運んで、急に辞めなきゃならなくなった説明と謝罪でもすれば、可愛げがあるけどって、店長呆れてたよ」

じゃあ、さっきのは……。

「ま、いいかげんな奴なのはわかってたから、私は全然驚かなかったけどね」

江藤さんはそこで軽くはっとして、まずかったかなといった表情になった。

「そういえば、あんたたち、結局付き合ったりは……」

「してないです」

「そっか。よかった。そのほうがいいと思ってたんだ。万が一加奈ちゃんがその気だったら悪いから言わなかったけどさ」

江藤さんは五野さんのことを快く思っていないだろうなと感じていたけれど、わざわざ私に気を遣って抑えてくれていたのか。五野さんは勤務態度に不真面目なところがちょこちょこあったし、悪く思っても仕方ないかもしれない。ただ、江藤さんのことだから、私に好意がないとわかっていても、五野さんに露骨に嫌な振る舞いをしたりはしていなかっただろう。

「わかってるって思うかもしれないけど、あいつ、絶対女にだらしないタイプだよ。お金にもそうかもしれない。だから、ああいうのにはこの先も関わらないようにしたほうがいいよ」

「……はい」

〈本当にこれが最後なので、絶対に来てください〉

五野さんに渡された手紙をもう一度見て、私は軽く息を吐いた。

江藤さんに相談したら、行くなと口にしただろうか。千晶は言いそうだ。でも、バイトを辞めてほんとのほんとに最後のような感じだし、せっかく今まで作詞をやったりしてきたんだし、平和な状態のまま終わらせたかった。

それにしても、何をするつもりだろう？　手紙には作詞をしてくれたお礼をしたいと書いてあるけれど、物をくれるなら手紙を渡したときでよかったはずだし、信用していいのかな。

手紙で指示されて、今いる敷地の外を、ニット帽とマスクの姿の女性が歩いているのが目に入り、千晶が「そのマスクの女の人のほうが積極的にしゃべってる感じだったから、もしかしたら五野って奴は、その人と別れて加奈子と付き合いたいと思ってるのかもよ」と言っていたのを思いだした。もしも推測通りだったとしたら、私はその女性に恨まれたりするのだろうか。でもまあ、それは考え過ぎだろう。

すると、ニット帽の女性が敷地に入ってきた。あれ？　なんか私のほうに向かってくるように見える。うそ、この人が五野さんと公園にいた……まさか。だけどこっちには他に何もないし、間違いなく私のもとに来る。

「いやっ！」

恐怖が一気に込み上げてきて、悲鳴に近い声をあげて逃げようとした。しかし、手首をつかまれた。

「待ってよ」

「すみません！　ごめんなさい！」

「どうしたの？　大丈夫？」

「え……」

女性に敵意がないのを感じ、視線を向けた。

「私、わかる？」

その人はマスクを取って顔を見せた。

「え？」

私は恐る恐るその顔を凝視した。

「は！　村上悠か、んぐっ」

途中で素早く口をふさがれた。

「声が大きいよ」

人差し指を立てて、目の前の人は言った。紛れもなく村上悠香……さんだった。

なんでこんなところに？　それよりも、私のことを知っているようだ。いったいどういうことだろう？

「どうも噛み合わない部分があるみたいだから、順を追って話すよ」

私たちは座れる場所に並んで腰を下ろし、村上さんはしゃべり始めた。

「私、ちょっと前まで、いまひとつ仕事に熱が入らない状態だったの。なんでなのか自分でわからなかったんだけど、今振り返ると、目の前のスケジュールをこなすだけになっていたというか、綺麗事みたいだけど曲を聴いてくれる人を元気づけたかったりしてこの道に進んだはずなのに、いつのまにかたくさんの人に応援してもらっている今の立場をキープするために頑張っている感じになっていて、嫌気がさしてたんだと思う。それで、ぼーっとしてたのかもしれないけど、財布を落としちゃったの。現金はともかく、カードとかも入ってたからまずいなと思ってたら、拾ってくれたのが彼だった。全部無事で助かって、何かしらお礼をって流れになったんだけど、そこで向こうが切りだしたんだ。お金や物はいらない。その代わり聞いてもらいたい話がある。自分には母子家庭の女子高生の知り合いがいる。そろそろ先の進路を決める時期で、本当は大学に行きたいと思っているんだけど、経済的に厳しくて断念する可能性が高い。でも、優秀だし、真面目ないいコで、なんとかしたい。で、彼女に歌の詞を書いてもらうから、もし良いと判断したら、それを使ってもらえないか。あなたが自身の楽曲に採用してくれれば、大学で勉強できるくらいには十分になるだろう。詞は何度でも書き直させて構わないし、どうしても無理なら諦めるけど、ってね」

「え」

「普通なら迷惑な話かもしれないけれど、私にはむしろこっちからやらせてほしいって頼みたい申し出だったの。言ったように最近仕事が少しマンネリ化していたし、ちょっとだけど学生時代に生活に困っている方を支援するボランティアをやっていて、もっと直接人の力になりたい気持ちもあったから。本当にあなたが彼が説明した状況にあるのか調べさせてもらって、詞に関しては仕事なわけだから妥協せずに書き直してもらったけれど、さすが文学部志望なだけあって語彙が豊富で、最初から面白くていいなと思ってたよ。私はライブがあって忙しかったし、あなたもアルバイトや家事もやっていて大変らしいから、彼に間に入ってもらって、やっと会えるっていうので、こうして来たんだ。私の話はこんなところだけど、どう？」

私はどこから何を話せばいいのかわからなかった。とりあえず、思いついたことを口にした。

「その詞は確かに私が書きました。五野さんに頼まれまして。でも、頼まれた理由が違いますし、そもそも母子家庭であるとか、私の個人的なことを五野さんは知らないはずなんですけど。それに……」

村上さんが言っている人と、私の知っている五野さんは、同一人物なのだろうか？　村上さんには相当誠実な人と映っていて、私や江藤さんが抱いていた軟派なイメージは微塵もないようだし、私も話の人と五野さんがうまく重ならない。とはいっても容姿は合致していて、別人の可能性はなさそうだ。ただ、わからないことだらけだ。

誰かが私たちのいる神社の鈴を激しく鳴らした。

「あー、大学行くのやめて、就職しよっかなー」

「でも、今、就職大変じゃない？」

「そうだけど、四年後だってわかんないじゃん。大学生も厳しいらしいし。だったら、受験勉強をやらないだけましかなと思って。ハー。加奈子はいいよね、頭いいから」

高校の休み時間に自分の席にいたところ、近くの椅子に座っていた友達に急に話を振られて、慌てて答えた。

「いや、わかんないよ、そんなの。受験なんて、やってみないと」

「でも、ぜいたく言わなきゃ浪人する心配はないじゃん。そこそこのところになら絶対行けるっしょ」

「わかんないって」

少し前まで進学は諦めかけていた私だが、希望通り大学を目指せることになった。なんといっても悠香さんのおかげだ。新しいアルバムの中の何曲も、そしてメインとなる曲まで、私の詞を使ってくれたのだ。ただ良いものを選んだだけだと言うけれど、そんなことはないだろう。

それから、五野さん。

五野さんが私に詞を書かせるのに自分のバンドの曲などと偽ったのは、正直に話したら、私が断ったり、プレッシャーでうまく書けなくなってしまったりすると考えたからじゃないかと思う。そして実際にそうなった確率は高い。作詞自体したことがなかったのに、人気ミュージシャンの悠香さんの曲にだなんて、とてもじゃないけどできないと思ったはずだし、それ以前に、なんで私の教えていないプライベートの情報を知っているのかという話になって、その誘いを受けるどころじゃなくなっていただろうから。

結局、どこで私の情報を得て、どうして私のことを助けてくれたのかはわからない。私への好意からストーカーのように調べての行動かとも思ったけれど、大学進学を断念するとか、行くのであれば文学部なんてことは、頭で考えていただけで、誰かに言ったり、どこかに記したりなど一切していなかったのだ。国語が得意なのを何かで知ったとしても、さらに先に控えた就職活動のために別の学部をチョイスする可能性も大きいだろう。

ただ、行方がわからないし、いつまでも考えてもキリがないから、もう終わりにして、せめて感謝の気持ちだけは忘れないようにしようと思う。ありがとうございました。
でもそれも、受験を失敗したら意味がなくなっちゃうから、頑張ろう。

第二章

わたしは、在籍している中学校の職員室で、自分の席に座っている杉浦先生に話をした。

「たしか、日本で指揮していた外国人のサッカーの監督が、『日本の部活動というのは素晴らしい』と言っていた記憶があります。わたし、全然詳しいわけじゃないですし、間違っているかもしれませんけど、多分それっていうのは、外国だとスポーツ選手を目指すようなコが活動する場は普通クラブチームで、日本の部活動はそれに比べてお金が介在する余地が少なく、子どもが平等に近いかたちでスポーツに打ち込めるといった理由でじゃないかと思います。ただ、日本ではプロ予備軍のようなコも部活で活動しているからこそレベルが高くて、運動は好きだけど練習がハードだから入らなかったり、ずっと補欠で一度も試合に出れず楽しい思い出はなかったという人も、けっこういるんじゃないでしょうか。そうした人たちが、じゃあ仲間内で遊びでやればいいと思っても、球技なんかは特に、できる場所が限られてますよね。なので、校内に思う存分スポーツを楽しめる場をつくりたいんです。名称は、『同好会』だと地味なので、『スポーツサークル』っていうのを考えているんですけど」

すると、先生がわたしの体を両手で押した。というより、支えて元に戻したとの表現が合っているだろう。

「なるほど」

何事もなかった感じで先生はそう言ったけれど、つい、しゃべりに夢中になって、詰め寄るような体勢になってしまっていたのだった。

「いいんじゃない。頑張って、やってみれば？」

「ただですね、活動場所が、校内は部活でいっぱいで、ないと思うんです。それで自治体のスポーツ施設を使えないかって考えたんですけど、お金がかかるんですよね。で、このサークルを学校で正式に認めてもらって、そっちのほうもどうにかならないかなーと思いまして」

「そういうこと。どうなのかしらね？」

杉浦先生はわたしの担任ではない。生徒に理解がある人で、なんとかしてもらえそうだから声をかけたのだ。

「じゃあ、他の先生たちに話して、検討してみるよ」

「お願いします！」

わたしは勢いよく頭を下げた。本当に、どうかお願いします。

放課後、学校の廊下を一緒に歩いている、友達のはるみが言った。

「へー、認められたんだ。よかったじゃん」

サークルの存在は認められた。だけど、よくはない。はっきりいって期待外れだった。

「でも、認めるくらいはね。別に悪いことをするわけじゃないんだから、駄目ってなっても、勝手に集まってスポーツをすればいいんだし。問題は活動場所でさ。校内でやればいいって話なんだよねー」

「なんで不満なの？　活動するスペースをもらえるってことじゃないの？」

「わたしが思い描いてるのは、各自がそのときやりたいスポーツをのびのび楽しむっていうのだから、せっかく空けてもらっても、狭くてイメージ通りできないと思うんだよね。そうでなくても校内だと、真剣にやってる部活の人たちに白い眼で見られたりしそうだし。まあ、どういうかたちになっても、絶対にやるのはやるんだけど。初めからすべてうまくいくとは思ってないし」

「ふーん。しかし、よくやるね。運動音痴なのに体育委員になっちゃったって、最初あんなにヘコんでたのに」

「だって、いつまでも嫌がっててもしょうがないじゃん。それより、わたしにもできる面白いことはないかを考えて、実行に移したほうがいいでしょ？」

「いや、ほんと、由紀子のそういう前向きなところ尊敬するわ」

褒められているのだろうか？　半分呆れた感じで言われた。

そこで、ふと前に目をやって、あることに気がついた。

「あっ、はるみ。あの人、さっき貼ったサークル参加者募集の張り紙を見てる。興味ありそうじゃない？」

知り合いではないが顔は覚えがある、同じ二年の一人の男子が、帰るところなのだろうカバンを持って、壁の張り紙を見つめている。熱心な表情とまではいかないものの、関心がなかったらまったく見向きもしないはずだ。

ところがはるみは険しい顔になって、声を潜めてわたしに言った。

「まさか由紀子、知らないの？　あいつ、早瀬っていって、性格が悪いので有名だよ」

「え？」

知らないけど。

「前に野球部にいて、一番くらいにうまかったらしいけどさ」

「前に？　じゃあ、今は？」

「辞めたんだよ。今はどこにも所属してないんじゃないかな？」

うそ。

「だったらラッキーじゃん。サークルに入ってくれれば、野球やスポーツのことをいろいろ教えてもらえるかもしれないし。こんなチャンス、もうないかもしれないから、誘わなきゃ」

わたしはその人のもとへ行きかけた。

「ちょっと待ってよ」

はるみに服の背中の部分を引っ張って止められた。

「なに？」

早くしないと行っちゃうかもしれないのに。

「だから、性格が悪いんだって。聞いてんの？　野球部を辞めたのもそれが原因なんだって。すごくわがままらしいから、誘わないほうがいいよ」

一瞬考えたが、すぐに結論を出した。

「平気、平気」

そして小走りで向かった。

「あっ、ちょっと！」

愛想は良くなさそうだけれど、そこまでわがままには見えない。悪い噂はあまり当てにならないし、本当だとしても、スポーツを楽しむだけなんだから、別にわがままな人だって構わない。

「あの」

早瀬という人の視線がこっちに注がれ、わたしは張り紙を指さした。

「これ、どうですか？　わたし、責任者みたいなものなんですけど、よかったら入ってもらえませんか？」

その人は少し驚いたような顔になった。こんなもん馬鹿馬鹿しくて入れるかなどと言われるんじゃないかと、ふと頭をよぎったが、冷静な表情に戻った彼は、軽い調子で答えた。

「いいよ」

え？

「本当に？」

「うん」

やった！

「ありがとう」

あっさり一人目の仲間をゲットした。いい出だしだ。

「よろしくね」

早瀬くんに、わたしは笑顔であいさつをした。

「今日はまだいいんでしょ？」

「うん」

「じゃあ」

そう言って早瀬くんもわずかだけど微笑んでくれて去っていき、手を振って見送った。

なるほど、聞いたからかもしれないが、背は高めだし、すごく運動ができそうだ。明日になったら気が変わったなんてことにならなければいいけど。

後ろにいたはるみがそばに来た。

「見てたでしょ。そんなに悪い人じゃなさそうじゃん」

それに対してはるみは、あれだけじゃわからないよという感じで首をひねった。

「それはそうと、はるみも暇なとき参加してよ。毎回出席できる固定したメンバーだけで活動するってふうにするつもりじゃないからさ」

はるみは劇団に所属しているらしく、頼まれたようで、学校の演劇部にも入っている。劇団の話はあまりしたくない感じなので、よくは知らないが。

「えー。ったく、しょうがないなー」

「あ、そんな言い方するくらいならいいけど」

「うそうそ。わかったよ」

「スポーツサークルというのを始めるんですけど、入ってもらえませんか？」

わたしは、特にやることがない休み時間などに、直接声をかけての勧誘もした。

予定のある日は無理に参加しなくていいので気楽にできる。中学生になると校庭を走り回って遊んだりなどめったにしないが、誰もやってないからやらないだけで、たまには思いきり体を動かしてすっきりしたいという人はけっこういるんじゃないだろうか。だから、何人か入ってくれさえすれば、参加者はどんどん増えるんじゃないかと踏んでいた。そして初めにちらほらいい反応があって、思惑通りに進むんじゃないかと期待した。

ところが……。

「放課後は塾があって忙しいから」

「運動はとにかく嫌いなので」

ここのところ、こんな具合に一言であっけなく断られることが多くなった。わたしの顔を見て、逃げていく人までいる。サークルの存在を知って、入る気がないにしても、そこまで嫌そうな態度をとることはないのにな。

そんな日が続いていた放課後、教室にいると、はるみが廊下から声をかけてきた。

「由紀子」

それで、元々近い場所にいたが、目の前まで行ってしゃべった。

「はるみー、聞いて。サークル、勧誘しても最近全然駄目なんだ。なんでだろ？　もっと『こういうのがあればいいなと思ってたんだ』って人がいると思ってたんだけど」

するとはるみは呆れたような表情になった。

「もー、由紀子、ほんと周りの情報にうといよね。あんたさ、クラス内で影が薄い人を中心に声をかけたでしょ？　だからそのサークルは、お荷物的な立場のコたちが学校生活を楽しめるようにつくられたものだと思われてるんだよ」

「え？」

なに、それ。

「それで、みんな入りたがらないんだよ。入ったら、お荷物認定みたいになっちゃうから。もっと目立つ、明るい人とか誘わなきゃ駄目……」

わたしははっとして、慌ててはるみの口をふさいだ。

「わかった。もういいよ」

「うっ」

はるみはすぐにわたしの手を取った。

「ちょっと、なに？　急に」

そう言った直後、はるみもはっとした顔になった。気づいたようだ。近くの教室の中に、早瀬くんたちがいることに。

「あれ？　もしかして……」

「うん。サークルに入ってくれることになった人たち。どうやって活動していこうかとか話し合いたかったから、集まってもらったの」

「ごめんなさい。私……」

はるみは気まずい表情になった。いや、みんなといるって先に伝えなかったわたしが悪いんだよ。ごめん！

「いいよ、別に。本当のことなんだから」

メンバーになってくれる一人の滝本さんが言った。暗い表情だが、はるみを責めている感じはない。滝本さんも早瀬くん同様、一緒の二年生ながらクラスが異なりよく知らないが、おとなしくも見えないし、お荷物なんてイメージじゃ全然ないんだけど。

続けて、やはり二年の中里くんが、わたしに向かってしゃべった。

「そもそもそういうつもりで誘ってくれたんでしょ？　それでも俺は構わないし、むしろ嬉しかったけど」

「いや、違うよ。運動があまり得意じゃないらしい人を中心には声をかけたけど」

本当にそうだ。中里くんだって、メガネをかけてて文化系の雰囲気だけれど、暗さはなく、おしゃべりなくらいにも見えるし。なんでこんなふうになっちゃったんだろう？　つまり、一見普通でも、クラス内でうまくいってなかったりして孤独を感じてた人たちだからこそ、サークルに入るのを了解してくれたってことかな。

「でも、はっきり言われるとな。お荷物か」

三年の男子の町田さんがつぶやき、全体に沈んだムードになった。

どうしよう。せっかくサークルに参加してくれる人たちを、暗い気持ちにさせちゃしょうがない。スポーツで、楽しもうっていうのに。なんとかしなきゃな。


なんとかしたいけれど、どうしたらいいかわからず、数日が経過した休み時間。早瀬くんに呼ばれて、サークルの現メンバー八人全員が屋上に集合した。

「何だよ？　こんなところに呼びだして」

中里くんが早瀬くんに言った。

「いいことを思いついたんで」

「いいこと？」

早瀬くんはみんなに向かって話し始めた。

「活動場所のことでさ、校内だとスペースが不十分かもしれないうえに、真剣にやってる部活の奴らのそばだから、そんなに楽しんでできないんじゃないかって話だったけど、だったら人数が多くて実力もあるサッカー部に試合を申し込んだらどうかと思ったんだ。もし勝てば、一目置かれるだろうから、多少部活の連中の邪魔をしちゃっても平気なくらい堂々と活動できるし、生徒全体の見る目も変わって、入ってくる奴が増えるかもしれないしさ」

みんなはくだらない冗談に付き合わされたような不機嫌な様子になった。

「馬鹿馬鹿しい。勝てるわけねーじゃん」

中里くんが吐き捨てるように言った。

「そんなの、やってみなきゃわかんないだろ。スポーツってそういうもんだよ」

早瀬くんはずっと本気っぽく落ち着いている。

今度は町田さんが口を開いた。

「それ以前に、俺たちからの試合の申し出なんて、向こうが相手にしないだろ」

「それは大丈夫。もうＯＫはもらいましたから」

「え！」

みんな一斉に驚いた。

「ちょっと待ってよ！　なんで勝手なことするの！　そんなことして醜態さらしたら、またいろいろ言われたりするじゃん！　もっと平穏に活動できると思ってたのに、こんなことならサークルに入るんじゃなかった！」

滝本さんはそう口にしてしゃがみ込んだ。日常的に悪口を言われたりしているような感じだ。

またしても暗い雰囲気になると、早瀬くんは近くに置いていたカバンを手に取り、中からサッカーボールを出した。

「ほら」

それを二年の男子の取手《とりで》くんに投げて渡した。

取手くんは大喜びの顔になり、リフティングをやりだした。このコは喜怒哀楽の表情が大きいが、一方で言葉はほとんど発さず、背は小さいし、何かのマスコットキャラクターといった印象だ。

喜んだ割にリフティングは上手じゃない。すぐに駄目になるし、遠くへ蹴ってしまったりした。

「もうやめろよ。下に落ちたりしたら危ないだろ」

中里くんが話しかけた。だけど変わらない。

「おいったら！」

そこで再び早瀬くんがしゃべった。

「俺、野球部にいるとき耳にしたんだけど、こいつ、サッカー部に入りたかったのに、下手だって知ってる奴に『目障りだからお前は入部するな』ってきつく言われて追い払われて、入れなかったんだってさ。こんなに好きなのに。だから試合をやらせてやりたいっていうのもあるんだ。ここにいる八人の四対四じゃ物足りないだろうし。でも、嫌な人は試合に出ないでいいよ。このサークルは自由がモットーみたいなものなんだから。ねえ？」

視線がわたしに向けられて、慌てて返事をした。

「え、あっ、うん」

誰も話さなくなり、取手くんが一人リフティングを続けていた。


サッカー部との試合の日を迎えた。

開始前、みんな軽く体を動かしているなか、早瀬くんに話しかけた。

「結局、全員来てくれたね。みんないい人だし、早瀬くんの取手くんを思いやる気持ちが伝わったんだよ」

「そう？　それにしちゃ、どこか嫌そうだけど」

「みんな、自分がちゃんとプレーできるか心配なだけだよ。って、人のことより、わたしが一番足を引っ張りそうなんだけど」

本音だけれど冗談っぽく言った。スポーツは苦手で緊張するから、おちゃらけて気を紛らわせたいのだ。

「だから、ただ思いきりやればいいんだって」

早瀬くんはそれだけをみんなに口にし続けている。

「本当にそれで大丈夫なの？」

「だーいじょーぶ」

そう言って気楽そうに伸びをした。

サッカー部は普段レギュラーじゃない人たちが出てくるらしい。それにしたって、メリットがないであろうこの試合を、よく引き受けたものだと改めて思う。おそらく早瀬くんは、学校がサークルの存在を認めたこともあるし、先生にうまく働きかけたんだろう。試合のことは校内に広まり、「結果は見えてるし、どうでもいい」と思われてもおかしくないが、「何かよほどの秘策でもあるんじゃないか」などと、けっこう興味を持たれている。そのため、まだ試合が始まってもいないのに、校舎の窓とかからこっちをうかがっている生徒がちらほら見える。

しかし、良かったのだろうか？　無残な姿をさらせば、滝本さんが心配なのもあるし、サークルに対して一層駄目な集団というイメージを植えつけて、もう誰一人として入ってくれなくなってしまう事態に至ることも考えられるのに、早瀬くんを信じて。


「じゃあ、試合開始」

審判役の男子が笛を吹いた。わたしたち側からのキックオフで、すぐに早瀬くんにボールが渡った。

「ん？　攻めてこないな」

早瀬くんがそう言った通り、お手並み拝見ということなのだろうか、サッカー部がボールを取りにこない。

そんななか取手くんが、ゴール前まで行って、ブンブンと激しく手を振ってボールを要求している。

「それ！」

運動は全般できるらしい早瀬くんは、さすがという感じで、取手くんまで距離があるのにちょうどいい位置へ蹴った。

ところが取手くんはそれを足で受けようとしたのに側頭部に直撃させてしまい、ぶっ倒れた。コメディー映画のような見事なコケっぷりで、みんな固まって一瞬時間が止まったみたいになった。

「あちゃー」

中里くんが、見ていられないといった仕草をした。その中里くんほか、取手くん以外は遠慮がちだけれど前のほうにいる人たちに、早瀬くんは声をかけた。

「おい、ボールは外に出てないぞ！　守りは俺がやるから、どんどん攻めろ！」

それに対し、早瀬くんの近くにいた町田さんが冷めた様子で言った。

「攻撃なんて、やったことないんだけど」

「何言ってるんですか。ゴール目掛けて蹴りゃいいだけですよ」

そして、サッカー部が攻めてこないこともあって、中里くんがぎこちないながらドリブルをしたりしてつないで、最後は滝本さんがシュートをした。しかし、下手なわたしから見てもボテボテの弱いボールで、相手のキーパーは足で簡単に止めて、前方に大きく蹴った。

そのボールを取った早瀬くんは、最初と同じようにゴール前へ上げた。

「行け、取手！」

取手くんは今度は蹴るには蹴れたけれど、ゴールとは違うとんでもない方向に行ってしまった。

周りから笑い声が聞こえた。さっきのプレーといい、気持ちはわからないでもないが、本人は一生懸命やっているので笑わないであげてほしい。

「よし、もう行っていいぞ！」

相手の、ゴール近くにいる一人の人が、前の人たちに声をかけた。

どうやら様子見は終わりということらしい。サッカー部はメンバーが変わったかのように一斉に攻め上がってきた。

「わっ！」

まるで、戦で敵の兵が一気に攻めてきたかのようだ。わたしたちは動揺したが、早瀬くんだけは冷静に、ボールを持っている人が来るほうへ向かった。

だけど一人じゃやっぱり無理だ。ボールをドリブルしてきていた人は大きく横にパスをして、受け取った人がいとも簡単にシュートを決めた。

「あー」

あまりにもあっけない。そして当然だろうけれど、相手は普段控えの人たちなのにすごくうまい。点が入った喜びも、かたちだけという感じだ。

「ゴール」

二点、三点、四点と、立て続けに決められた。こうなる展開は十分に予測していたが、実際になってみると、思っていた以上に気持ちが沈んだ。

「気にすんな！　下がらないで攻めろ！」

早瀬くんが、さっきからかけている言葉をまた口にした。さらに、キーパーをやっている三年の男子の門倉さんに近づいて言った。

「俺、キーパー代わりますから、攻めてください」

またゴールを決められた。これで二十三点目だ。だんだん悔しさや落ち込む気持ちがなくなってきたけれど、それは点を取られることに慣れたからだけじゃない。

わたしは、ゴールに入ったボールを前方へ投げた早瀬くんに近寄った。

「早瀬くん、ご苦労さま。そろそろ試合終わっちゃうから、攻めなよ。キーパーはわたしがやるからさ」

そこに門倉さんもやってきた。無口で、ぱっと見怖そうな人だけど、穏やかにしゃべった。

「いいよ。俺がやるよ」

「そうですか？　じゃあ、頼みます」

早瀬くんは門倉さんにキーパーの手袋を渡した。

わたしたちは一緒に前のほうへ向かって歩いた。

「早瀬くん、ありがとね。こんなに負けてるけど、なんかみんな楽しそう。多分、体育の授業でも、こんなたくさん攻撃したり、のびのびやったことなかったんだよ。本当はそれがこの試合をやる一番の目的だったんじゃない？」

すると、早瀬くんは考えるような顔で少し黙った。

「俺さ、このサークルの趣旨と同じで、スポーツは楽しむものだって思ってるんだ」

そう切りだすと、わたしに視線は向けずに話し続けた。

「仕事としてやるプロの選手や、上達したい本人が望んでの、厳しい指導はいいと思うけど、スポーツを修行や鍛錬の場みたいにさせられるのは納得いかなくて。でもそういう意見って、きついのが嫌だから言ってると思われて、まともに相手してもらえないんだよな。うちの野球部、民主的だって聞いてたのに、やっぱり上から厳しくやらされたりしてさ。自分の意思を主張しようかと思ったけど、俺以外はみんなそのままでいいみたいだから、だったら揉め事を起こすこともないかと考えて、退部したんだ。そしたら強く引きとめられたんで、俺のことなんか綺麗さっぱり忘れて野球に集中してほしいと思って、ちょっと悪態ついたんだ」

「そうだったんだ」

やっぱり理由があったんだ。全然わがままじゃないじゃんって思ってたもん。

「それで、俺、あのときサークルに偶然誘われた感じになったけど、違うんだ」

「え？」

「本当は入れてもらいにいって、でも俺、評判悪いから、断られるかなと思って躊躇してたんだ。だけど、声をかけてくれて……ありがとう」

早瀬くんは照れくさそうな顔になった。

「じゃあ、俺、行くわ。見といてよ」

そう言うと、走って離れていった。

相手がパスしたボールを奪い、ドリブルで攻め上がっていく。止めようとする人たちを次々とかわした。

周りにいる、試合に出ていないサッカー部員から、どよめきのような声があがった。

「やっぱり、うめーな」

そんな言葉も聞こえた。どうやら早瀬くんがサッカーも相当上手だと知っていたようだ。だから試合の初め、向こうは様子を見たのか。

わたしと同じクラスの小林くんが、すごく気合いが入った感じでやってきた。早瀬くんはフェイントをかけて抜いたかと思ったけれど、追いすがって並走している。

「なんでそれだけできるのに、最初からやらねえんだ！　だからお前は嫌いなんだよ！」

小林くんは言った。そして、早瀬くんがシュートしたボールを、伸ばした足に当てて防いだ。

「よっしゃ、ざまあみろ！」

小林くんは喜び、ボールは高く舞い上がって右サイドのほうへ行った。

「そうか、ごめん」

早瀬くんがしゃべる声が聞こえた。

「でも、さらにで悪いけど、力を出しきってなかったのは俺だけじゃないんだ」

「え？」

小林くんが呆気に取られたような顔になっている間に、取手くんが後方から勢いよくボールに向かって走ってきて、綺麗にシュートをしてゴールに決めた。

シュートした位置はゴールに近かったから本来はすごくないのかもしれないけれど、その場にいるみんなが驚いた。そんななか、早瀬くんだけは微笑んでいた。

「試合終了ー！」

審判が大声で告げた。勢い余って倒れていた取手くんを起こす早瀬くん。そこへサークルのみんなで走っていった。

「やったー！」

「すごーい！　嘘みたーい！」

次々取手くんを祝福した。

「お前、すげーじゃん」

中里くんの言葉の後、滝本さんが涙ぐんでつぶやいた。

「よかったね」

その滝本さんを見て、みんなまた笑顔になった。

「なあ、周り見てみなよ」

「え？」

早瀬くんに言われて視線を移すと、一方的な試合だったし、最初に比べて圧倒的に減ってはいるものの、校舎などから観ていた生徒たちが、拍手をしたり好意的なアクションをしてくれていた。

「ハハハ」

どう反応していいかわからずに、みんな照れ笑いを浮かべた。さらにわたしは、たまたま通りかかって見物していたのか、学校の外で二十歳くらいのかっこいい顔の男の人も笑顔で拍手してくれているのに気がついた。

人の温かさを感じた。


試合の翌日の朝、登校して教室に着くと、机の中に見覚えのない紙が入っていた。

「何だ？　これ」

そこには、別の中学校の二年の男子の井上くんという人が、いじめへの有効な対策のアイデアを募集し、その内容の評価に応じて賞金を出すことと、それに応募して、賞金を得られたら、そのお金をサークルの活動資金にしたらどうかということ、そして昨日この紙を入れたのであろう「今日の試合よかったです。応援してます」というメッセージが書かれていた。名前は、意図的なのか、どこにも記されていなかった。

わたしは考え込んだ。その募集は、スポンサーなのかよくわからないが、大きい企業がちゃんとしたものだと証明しているらしく、それは調べれば本当かわかるだろう。サークルの活動資金というのはおそらく、スポーツ施設を利用するのにお金が要るからで、そういう話を校内でしていたから耳にしたのかもしれない。ただ……。

約束をしたファストフード店で、井上くんと会った。目の前で持論を語るのが条件なのだ。じゃないと、本に書かれたことなんかを自分のアイデアのようにするかもしれないからだという。会って話しても同じような心配はあると思うが、自分のものになっていればいいらしい。基準がわからないけれど、要は井上くんが判断するということだろう。

「どうぞ」

出会って早々、たいして言葉を交わしもしないまま、さっそく考えの発表を求められた。初対面だし、無愛想な感じの人で、緊張が込み上げたが、軽く息を吐いて話を始めた。

「えっとですね、まずわたしが言いたいのは、人は普通ケンカをするとき、初めからケンカをしようと思ってやるわけじゃないと思うってことなんです。何か怒りに触れることがあって、ケンカに『なってしまう』んです。同様にいじめも、明日からあのコをいじめようなどと決意してからやる人は皆無とまでは言いませんが、多くは腹が立ったり、ふざけてといった、流れのなかで始めてしまうんだと思います。それに、自分は全然そのつもりはないけれど、相手はいじめられていると感じるケースもあるでしょう。ですので、いじめはすごく悪いことだから、行った人に厳罰を与えるべきだと考える人もいると思いますけども、そうすると、いつ自分がやってしまうかもわからないから、とにかくできる限り他の人に関わらないようにするということにすらなりかねません。いじめは減るかもしれませんが、味気ない日常になってしまうのは間違いないでしょう。それより、わたしが問題があって手をつけるべきだと思うのは、いじめに遭ったとき、それを大人に打ち明けづらいのをどうにかする対策がほとんどなされていない点です。いくらアンケートなどで尋ねても、正直に言えない状態ならば意味がないはずなのにです。じゃあ、なぜ言えないのかというと、言うと、チクったなといじめる人を怒らせてしまって、さらに嫌なことをされるかもしれないという理由が多いと思います。であるならば、犯罪にあたるようなひどい場合は難しいとしても、基本的にいじめたコをきつく叱ったり罰したりはしないと大人は宣言するんです。その代わり、いじめられたコが被害を訴えでても、告げ口したなと文句を言ったりはしない約束にします。現状では、いじめられているコは嫌だからやめてほしくて訴えでたくても、言うと大人が罰したりするかもしれないために、訴えでること自体が仕返しの意味を持ってしまって、いじめる人を怒らせてしまうわけです。罰しないのならば、そういう作用は起きないし、いじめるコは訴えでたことを怒るのは変になるはずです。多分今は、チクることとイコール腹の立つことというふうに頭にセットされているから、すぐにはうまくいかないと思いますが、今言った説明をちゃんとして納得させれば、大丈夫になっていくんじゃないかと思います。そして、訴えでやすい環境になれば、いじめる人の怒りを買うからだけでなく、みっともないなどの意識から大人に打ち明けられないコの場合も、同様にこれまでは話しにくかった周りの他のコが言ってあげることで解決につながる割合が増えると思います」

「ちょっと待って。そうすれば、確かに被害を申告しやすくはなるかもしれない。でも、叱ったりしないんだから、いじめるほうはやりやすくなるだけで、意味がないんじゃないの？」

「それはですね、まず、ちょっと言いましたけど、犯罪にあたる本当に悪質なものに対しては何もしないわけにはいかないでしょう。だから、そこまでなっていない早い段階で訴えでてくれたほうがいじめるコも助かるわけで、そうした説明もしておけば、なおのこと訴えでやすくなって、自殺に至るような深刻ないじめに進展するのを防ぐ効果があると思います。一方で、軽いいじめに関しては、ご指摘通り、やりたい放題になってしまう心配はあります。ですが、人間は善くないことをそんなにおおっぴらにできるのかという部分もあると思います。先生や親などに伝われば、それだけでまずいことをしたと目が覚めたようになって、やめる可能性があるんじゃないかということです。それでも構わずやる人もいるでしょうけれども、そういうコは叱ったり罰を与えたりしてもさほど効果はないんじゃないかと思います。それに、ダメージを与えないだけで、注意やいじめを行わないようにする働きかけはやるんです。怒りを、相手にぶつけないで、別の方法で発散できるように手助けをするとか。最初に言ったように流れでやってしまう場合も多々あるわけで、いじめるコを悪者扱いせず、好ましくないのはいじめという行動だというふうにすれば、改善しようとする人は多くなると思います。それで駄目でも、いじめるコといじめられるコが同じクラスなら、席を離すとか、強いコに止めてもらうようにするとか、表に出れば対処はそれなりにできると思います。いじめられるコにとってはいじめるコに甘い、腹立たしい考えかもしれませんが、傷が浅く済んで自殺などを防ぐには、これがベターなんじゃないかと思います」

今まで頭に蓄積されていたものを一気に放出したために、ずいぶん一方的にベラベラしゃべってしまった気がするが、大丈夫だろうか。

そう。わたしは以前から時折、何の意図もなく頭の中だけで、いじめについて考えていた。あの机の中にあった手紙のようなものを見たとき、それを知られていたようで、そして話ができ過ぎている感じがして、ちょっと怖かった。それでも、せっかくのチャンスだし、偶然だろうと、こうして来たのだけれど。

井上くんは何かを考えているような顔をしている。

「ところで、なんで今回応募してきたの？」

「え？」

「お金？　それとも、いじめをなんとかしたい使命感みたいなものとか？」

立派な答えのほうがいいかなと若干迷ったが、見抜かれて印象を悪くしたら後悔すると思い、正直に告げた。

「はっきり言うならお金です。使命感というか、役に立てばいいなとは思いますけど、あなたのことをよく知らないし、どれだけ現実のいじめ防止につながるのかわからないし。ただ、遊ぶためのお金じゃないんです」

そしてサークルのことを説明した。

「なので、もしわたしの考えをいいと思ってもらえたとしても、そんな大金はいりません。スポーツ施設を利用できるだけで十分です」

いい対策だと認められれば、百万円をもらえる可能性もあるそうだけれど。

「ふーん」

今の話でも、良い印象を抱かせようとしていると思われたかもしれない。でも本当の気持ちだから、そう受けとめられたのなら仕方がない。

それから、いいタイミングだったので、こっちからも尋ねた。

「あなたは、どうしてこういうことをやろうと思ったんですか？」

わずかに躊躇したような顔になったが、すぐにしゃべってくれた。

「俺って、例えば先生の言うことを素直に聞くような、いいコじゃないんだ。ただ、わがままなのもある程度認めるけど、大部分は納得できないことに対して従わなかったりするだけなんだ。でも、周りの奴らは俺の家が裕福なもんで、甘やかされて育ったからだとかすぐに言いやがって、それは違うってずっと不満だったんだ。だけど、いくらそう口にしても変わらないし、だったら金があることを逆手にとって自分勝手だけじゃないのを証明するようなことをやってやろうって決めたんだ。凶悪事件の犯人逮捕につながる情報を提供した人に懸賞金を払うっていうのがあるけど、それをアレンジした感じで、世の中の問題解決につながるアイデアを提供してくれた人に賞金を出そうって。だから今後いじめ以外の問題もやっていくし、聞いたアイデアを広めたり、できることは行動に移していくつもりなんだ。そして何より、このやり方自体を広めたいと思ってるんだ」

「へー、立派ですね」

ずいぶん壮大だな。やっていけるのか、ちょっと心配。

「そんなことないよ。出すのは親の金なわけだし」

「それにしたって……」

「いいよ、もう」

わたしの言葉を遮って、井上くんは立ち上がった。機嫌を損ねてしまったかと思ったが、そういう表情にはなっていなかった。

「結果報告は、二週間以内にはすると思うから」

「あ、はい」

「じゃあ」

そう言うと、あっという間に去っていってしまった。


今、一日の授業が終わり放課後になってすぐで、わたしたちサークルは校庭にいる。

わたしは井上くんから二十万円を受け取った。十分なお金ではあるが、無駄遣いしたくないため、学校とスポーツ施設の半々で活動している。それから、メンバーが二人増えた。

今日は、はるみが部活へ行く前に、わたしに付き合ってここまで来てくれた。

「次は、他の学校に、このサークルと同じような団体をつくってもらえるように呼びかけようかと思ってるんだ。そうすれば試合もいっぱいできるし、それが広まっていけば、もっとスポーツをやれる場所が増えることにつながっていくんじゃないかと思うんだ。うん、思うじゃなくて、そうしたいんだ」

「はー、夢が膨らむねえ」

はるみはまた呆れたように言った。

直後に、わたしは声を出した。

「あっ、早瀬くん！」

「ん？」

早瀬くんがこっちを向くと、その後頭部に、飛んできたサッカーボールが直撃した。

「痛っ！」

座り込んで頭をさする早瀬くんのもとに、ボールを当てた取手くんが来て、申し訳なさそうに何度もペコペコ頭を下げている。

わたしも走ってそこへ向かった。

「何だよ。サッカー部との試合のとき頭に当てたやつの仕返しか？」

早瀬くんが冗談口調でそう言った後で、わたしは話しかけた。

「ごめん。声をかけて、かえって悪かったね」

「ああ、大丈夫だよ」

早瀬くんは取手くんにも平気だと告げ、取手くんは返されたサッカーボールを持って離れていった。

「あんなにコツとか教えたのに、上達しないね。サッカー部との試合の、最後のシュートはうまくいったのに」

早瀬くんは、取手くんにあの位置からのシュートのアドバイスをしたうえで、試合前何日間もずっと練習に付き合っていたという。試合中に頭に当てたのとかは、打ち合わせたのではないが、早瀬くんは相手を油断させるために、取手くんが上手に受け取れないとわかっていてパスを送ったのだった。

そして、取手くんはまた、最初屋上で見たときと変わらぬ、下手なリフティングをしている。

早瀬くんが呆れた感じでつぶやいた。

「ありゃ、天性のストライカータイプだな」

第三章

嫌な予感がした。

自宅のリビングで勉強していると、中一の妹の美穂がやってきて、私に話しだした。

「授業で、興味を持ったニュースや新聞記事を、毎回二人ずつ要約して発表しなきゃいけないの。それで、もうすぐ私の番が来ちゃうから、お姉ちゃん、いいと思うの探しといてくれない？」

やっぱり。美穂はたまにこういうことを言う。

「なんで？　嫌だよ。自分の課題でしょ」

すると、少し離れたところにいる母が顔を見せて、しゃべってきた。

「なーに、手伝ってあげなさいよ。緒方先生、松下さんは勉強ができるし、何事も真面目に取り組んで立派だけど、もう少し他のコに親切なところがあればって言ってたわよ」

「うるさいなー。いっつも」

腹が立った。私は今、高校生で、緒方先生は中学校のときの先生だし、なにかというと母は助け合いが大事だみたいなことを言ってくる。私があまり人付き合いに積極的じゃないのが気に入らないのだ。でも、無茶苦茶だ。私の立場なら普通そうなる。

「じゃあ、お父さんみたいに早死にしてもいいの？　私はごめんだからね」

父は人が善い、どころか善過ぎて、他人の借金を背負い込んで、働き過ぎて急死してしまったのだ。別に父を悪くは思っていない。借金はほぼ返し終わっていたし、入っていた生命保険などによって、生活に困ったりもしなかったし。ただ、母の言葉は私に父のようになれと言っているようにしか聞こえない。それじゃあ、何の学習もないじゃないか。父の二の舞になってもいいのか。

勉強をする気が失せて道具を片づけだすと、母はまた話し始めた。

「誰も、お父さんくらいしろなんて言ってないじゃない」

父のことを持ちだすのは良くないとわかっているが、母がしつこいのが悪いのだ。

歩いて、母の横を通り過ぎた。

「寛美《ひろみ》、他人と関わらな過ぎても困るよ。人間、一人じゃ生きていけないんだからね」

「ふん」

私は自分の部屋に入って、ドアを閉めた。

私は電車通学で、高校からその最寄りの駅までは徒歩で十数分。自宅もだが、東京だけど都会ではない場所の学校である。生徒の大半は自転車通学だし、友達が少ないので、行きは当然、帰りもほとんどが一人だ。

人付き合いに積極的でないといっても、人を毛嫌いしているわけではない。母、それに多くの先生も、誤解している感じだけれど。だから他の生徒たちとは友好的にやっているし、陰口を叩かれたりはしているかもしれないが、いじめられてはいない。みんなといても、独りでも、どちらでも平気なのだ。幼い頃から、学校の先生はなにかっていうと、みんな仲良く協力して何かを達成するといったことをさせたがるけれど、それが周りに気を遣ってばかりで個人の力を伸ばしきれなくしているし、いじめなどのトラブルを増やす原因にもなっている気がするのだが。

ともかく、今日もいつも通り高校から駅への帰り道を一人で歩いていると、三十代くらいで主婦っぽい服装の女性が慌てた様子でこっちにやってきた。

「すみません、子どもが川に落ちちゃったんです！　助けるのを手伝ってください！」

「え？」

「お願いします！」

「わっ」

その人は私の手を取って走りだした。

確かに近くに大きい川があるけど、もっとそばにも人はいるんじゃないの？　それに男の人のほうがいいんじゃないの？　私、そんなに役に立てないと思うけど。そもそも状況がいまいちイメージできない。何歳の子どもで、どの程度の高さから落ちて、今どういう状態なんだろう？

少しの間そのまま引っ張られていたが、おかしいなと思って話しかけた。

「あ、あの！　川の方向とちょっと違うんじゃないですか？」

最初はまっすぐ川に向かっていたけれど、途中から微妙に逸れていってる。

女性から返事はなく、ひとけのない狭い道に入った。

「うっ」

急に、後ろから誰かに口をふさがれ……た……。


目を開けると、自分がどこか室内で、見慣れないソファーに座っているのに気がついた。

「あれ？」

「お目覚めかな？」

前方から声がして、顔を上げて視線を向けると、少し離れた正面に、七十代だか八十代だかの年老いた男性が同じようにソファーに腰を下ろしていた。

離れているといっても、よく見るとここはすごく広い部屋で、それで考えるとちょうどいい距離かもしれない。

「ここはどこですか？　私……」

恐る恐る尋ねながら、まだ少しぼんやりしている頭を整理しようとすると、男性がしゃべった。

「きみと話がしたくてね。人に頼んで、連れてきてもらったんだ」

「え？」

そういえば、口をふさがれて……。もしかして、誘拐？　男性は高齢に違いないが、まだ元気そうで、威圧感のようなものもある。

私の動揺を感じ取ったようで、男性は少し優しい雰囲気になった。

「大丈夫。話し終えたら、すぐに解放するよ。まっすぐ帰宅するのであれば、近くまで送ろう。だから、不安だろうが少しだけ時間をもらえないかね？」

そう言われたからといって落ち着いて話を聴く気にはまったくならなかったが、私の横の遠くの位置にドアがあり、その前にSPのようなスーツ姿の大柄な男性が立っていることに気がついた。それに、この部屋の感じからすると、ここはおそらく豪邸で、仮にこの部屋から逃げだせたとしても、屋内に人は多分相当いるし、外への出入口がわからず迷う可能性もあるし、捕まるのは時間の問題だろう。

とりあえず従うしかないと諦めて、目の前の男性に言った。

「それで……何なんですか？　いったい」

男性は軽く微笑んだ。

「申し遅れたが、私の名前は清水だ。よろしくと言っておこう。じゃあ、さっそく本題に入るよ」

その名前は本名だろうか？　しかも名字だけだし。まあ、いいや。

「私は幼い頃から、困っている人の役に立つことをしたいと思っていた。しかし、戦後、貧しさゆえに、他人よりもまず自分や身内のために必死に働かなければならなかった。その結果、一応名の知れた企業のトップまで昇りつめたが、そんなことは私に何の満足感ももたらしはしない。歳をとって重責から解き放たれ、貧困という言葉が再び聞かれるようになった今こそ、積年の思いをかたちに表そうと決意したんだ」

何だ？　全然思ってなかった方向の話だけど。で、それが私と何の関係が？

「金は多少ある。とはいえ、ただ寄付するのはつまらないし、支援のやり方として限界もある。社会的弱者に対して教育や、金を渡すにしても状況に応じた工夫が必要だと考えている。長い期間続けなければならないだろう。しかし、私は高齢だ。いつ何があるかわからない。そこで、私はサポート役となり、実際の弱者への支援は別の複数の人間に託すことに決めたんだ。というわけで、きみにその一員になってもらいたい」

「え？　なんで私が？」

訳がわからない。

「私は会社にいたとき、できるだけ部下に細かく指示したりはせず、仕事を任せるようにしていた。そのほうが部下は、余計な神経を使わずに仕事に集中できるし、自分の頭で判断して成長するし、良い結果につながると考えていたからだ。ただし、自由にさせればとんでもない方向へ行く危険もあるわけで、誰に何を任せるかということには人一倍労力をかけていた。ボランティアなどが根づいた今、弱者支援をすると公言すれば、数はそれなりに集まるかもしれない。しかし、そういうことに積極的で優秀な人間はとっくに何かしら行動を起こしていて、私が納得できる人材はやってこない可能性がある。だから、呼びかけたりはせず、まだ眠っている人材を探すことにしたのだが、きみは素晴らしいじゃないか。日々、見えないところで人助けをしているだろう？」

ドキッとして、何も言葉が出なかった。

「主だった内容は以上だ。悪かったね、少々乱暴に連れてきてしまって。そうでもしないと、話をちゃんと伝えられないかもしれないと思ったものでね」

清水さんと名乗る男性は立ち上がった。

「どう支援するかはきみの自由だ。説明したように私は任せるタイプだから、のびのびやるといい。金など必要なものがあれば、いつでも遠慮なく言ってくれ。連絡方法などの細かいことは彼から話す」

ドアの前のＳＰっぽい男の人を指して言った。

「じゃあ、頼んだよ」

歩きだして、ドアのほうへ向かった。

「待ってください！」

慌てて声を出した。振り向いた清水さんに、緊張しながら尋ねた。

「もし、私が断るって言ったらどうするんですか？」

やばいかな？　当然の質問のはずだけれど、ひとまず素直に言うことを聞くようなふりをしといたほうがよかったか？

清水さんは、わずかに間があったものの、表情を変えずに口を開いた。

「そんなことはあり得ないから、答える必要はないだろう」

「え？」

何だ、それ。

清水さんは部屋から姿を消して、ドアが閉まった。

高校の休み時間。みんながしゃべったりしているなか、私は一人、廊下で壁に寄りかかって立っていた。そこで目の前を通った加賀美さんを見て、SPっぽい人が口にした言葉が頭をよぎった。

――とりあえず、あなたの周辺で金銭面などで困難な状況にある方の資料を用意しました。どうぞお役立てください――。

特に何かしようという気持ちはなかったけれども、足が同じ方向へ動いた。

トイレに入った加賀美さんが、少しして出てきた。

「あの」

こっちに目をやった加賀美さんが、おびえたようになった。はっきりはわからないが、私の様子がおかしいのだろう。

「な、なに?」

「いや、その……」

なぜ声をかけてしまったのだろう? 何をしゃべろうか考えてなかったから言葉が出て

こず、口がパクパクした感じになった。

「ええ？」

やばい。さらに気味が悪そうな表情になった。

「私、何かした？　だったら、ごめんね」

そう言うと、逃げるように去っていった。

「ああっ」

あー、もー。余計なことした。

それにしても、加賀美さんが大変な状況下にあるなんて、普段の様子からじゃまったくわからない。資料にある、私が知っている他の人も、だいたいそうだ。周囲だけでなく、世の中の見方まで変わってしまいそうだ。

「ねえ」

後ろから呼ばれて振り向くと、知らない女子が怒ったような顔をしていた。

「あなた、小坂に何か文句でもあるの？」

「え？」

小坂さんは資料に載っている……。

「なんか、昨日からずっと、あなたににらまれてるみたいだって言ってるんだけど」

やばっ。無意識にじろじろ見ちゃってたんだ。

「いえ、そんなんじゃ。ただ、可愛くてうらやましいなーと思って」

おかしかったかな。全然表情が変わらない。

「ごめんなさい。本当に悪気はなかったんです。もうしませんから」

「……わかった。言っとく」

危なー。気をつけなきゃ。


何やってるんだろう、私。

だけど、しょうがないよね。あんな誘拐みたいなことをするくらいだから、何かしないと、ひどい目に遭わされたりするかもしれないいんだし。

でも、別に人助けなんて言われるようなことなんかやってないのに。私の何を調べたんだよ。

あー、もういいや。今度少しでも危険を感じることをされたら、警察に言えばいいんだから、無視しよう。

学校の帰り道の歩道から、自宅のあるマンションに入った。

……誰もいないか。

集合ポストの下がチラシなどで散らかっているのが目に入り、私は片づけ始めた。おそらく清水さんはこういう行動のことを言っていたんだろうけれど、ただ汚いのが気になったりするだけで、人助けでもなんでもない。しかし、人の目を気にしてしまうのは、そういうふうに取られるかもしれないという意識が私にもあるからだと、今気づいた。

少しの間続けていると、背後に気配を感じた。素早く振り向くと、二十代と思われる男性が近くまで来ていて、目が合った。そのせいで私もちょっとビクッとなったが、その人はかなり驚いた様子で、逃げるように引き返して、外へ出ていった。

「は？」

何だ？　今のは。

私は固まって、その場に立ち尽くす感じになった。

夜、自分の部屋で、まだ寝る時間ではなく昼間の格好で、ベッドの上をゴロゴロと動き回っていた。

「あー、やっぱり気になる」

勢いよく起き上がって、机にあった資料を手に取り、ベッドに再び腰を下ろしてそれに目をやった。何か簡単にできる支援をして、それで勘弁してもらおう。そんなのないかな？　でも、やってすっきりしたい。

ペラペラと資料をめくっていたが、あるところで手が止まった。

あれ？　この人、どこかで見たことがあるような……。誰だっけ？「半年前に会社を辞めて、現在無職。性格は内向的」……そうだ。今日、学校の帰りにマンションの入口で会った……。

「ん？」

資料には住所も書かれていて、少し離れた場所だし、あの人、なんでうちのマンションに来たんだろう？　仕事関係ではないわけだし、知っている人が住んでいて訪ねてきたのなら、私と目が合っただけで出ていっちゃったのは変だ。それも、びっくりしたにしても、挙動不審という感じで……。

また資料の「無職」の文字が目に入り、良からぬことが頭に浮かんだ。もしかして空き巣に入ったりする気だったのでは？　と。単純な考えで、仕事をしていない人を差別的に見ているようで失礼だとは思うが、あの挙動不審っぷりが妙なのは間違いないはずだ。

再度ベッドに横になってゴロゴロと回転した。そしてうつぶせになり、枕に顔をうずめた。

あーあ、どうしよう。悩み事が増えてしまった。

来た。

あの日の翌日から数日間、もしやまた訪れるんじゃないかと、できる限りマンションの外の目につかない地点にいて見ていたら、本当にやってきた。

かなりオドオドした感じだ。空き巣なんてできそうもないが、空き巣をするつもりだからオドオドしているのかもしれない。

マンションの中に入ったのを確認して、慎重に後を追って入口まで行くと、その人は集合ポストのところで止まった。そして肩にかけているカバンからチラシを出して、それを次々ポストに入れていっている。

あれ？　あれって、仕事だよな。はっきりは見えないけれど、店か何かのちゃんとしたチラシっぽいし。始めたばかりだから資料にはなかったのかな。

投入し終えそうなので、大丈夫だろうと思いつつ、念のため外の隠れていた場所に戻ると、やはりそれから空き巣などせずにマンションを後にしていった。

よかった。心配が一つ減って。

安心してマンションへ移動すると、床に紙が落ちているのに気がついた。今入れていたチラシかと思ったが、違った。数枚が綴じてあるようだ。拾って中を見ると、チラシを投函する仕事についていろいろ書かれていた。

「すみません！　ちょっと待ってください！」

急いでさっきの男性を追いかけたが、その人は振り返って私を目にすると、なぜか逃げだした。

「あ、ちょっと！」

この前も私を見て逃げたけど、何なの？　私の顔に何か付いてる？　じゃなきゃ、女性恐怖症？

「ごめんなさーい！」

何がごめんなの！

左へ曲がって、姿が見えなくなってしまった。でも、まだ大丈夫。左側には手前に斜め方向の細い道があって、その道を行けば近道のようになり、出るところでちょうど男の人と会えるくらいになるはずだ。

私は細い道を走っていき、出る間際、計算通り右側からあの男性が近づいてくるのが見えた。

！

前方の道の左側から来た、別の人とぶつかった。倒れそうになったが、その人が支えてくれてそれは免れた。

「ごめんなさい。大丈夫ですか？」

ぶつかった人が言った。まあ、なんてハンサムな男の人……じゃなーい！

「あれ？」

慌てて視線を戻すと、追いかけていた男性は、また曲がったりしたのだろう、いなくなっていた。


住所はわかってるんだし、やっぱり返そう。

自分の部屋に戻って、あの男の人、本間さんが落としていった冊子を見ながら、そう決めた。ないと、すごく困るかもしれないしな。

それはそうと、その冊子に目を通して、やっとわかった。仕事の手順や規則などが印刷された文字で記されているのだが、本間さんがメモしたのであろう手書きの箇所もあり、どこそこのマンションで怒鳴られたなどとある。うちのマンションも集合ポストのところにチラシ投函禁止と表示してあるけれど、無視して入れられることが多く、本間さんも入れていて住人の誰かに叱られたんだろう。そして、最初は私が怒るかもと思ってマンションから出ていき、次は怒って追いかけてきたと思って逃げたに違いない。だから、ごめんなさいと謝っていたわけだ。しかし、いくら腹が立っても、追いかけるまではするはずがないと気づきそうだけどな。そんなに私って怖く見えるのか？　愛想がいいほうじゃない自覚はあるけど。それとも、うちのマンションで以前、よっぽどきつく注意したり、実際に怒って追いかけてきた人でもいたのかな。

あれ？　今日、何日だっけ？　そうか、まだ大丈夫だ。……ん？


本間さんが住んでいるはずの住所を目指してきたものの、心配になってきた。あの人、私が怒ってると思っているんだろうから、また逃げられたりしちゃあないかな。

ともかく、着いた。ここだ。このアパートの、一〇三と。

私はさっそくチャイムを押した。

「はい」

本人かな？　そんな印象の声による返答があった。

「すみませんが、先日うちのマンションで、冊子を落とされましたよね？」

「は？」

ドアが少し開いた。本間さんだ。こっちを凝視して、怪訝な顔をしている。私が誰だかわからないといった表情だ。

「これです」

冊子を差しだすと、顔を近づけ、眉間にしわを寄せて見た。

すると、いきなり勢いよくドアを閉めてしまった。

「あ、あの！　これ！」

「違う、僕のじゃない。それより、なに？　うちまで来て」

私を思いだしたようだ。だけど、冊子を落としたのが別の人ってことはないだろう。

「いや、ですから……」

あー、もー、面倒くさい。

「どうしたんですか？」

「え？」

斜め後ろの方向から、誰かに声をかけられた。

「あれ？」

あのときぶつかった、顔の綺麗な男の人だ。なんで？

「ん？　どこかで会ったことがあるような……。あっ、もしかして、この前道でぶつかっちゃったコじゃない？　そうだよね？」

「あ、はい」

「どうしたの？　あれ？　本間くんの知り合いなの？」

え？　そっちこそ知り合い？

「本間くん。お客さんが来てるよ」

「誰？　五野くん？」

「うん」

「その人は知らない人だよ。悪いけど、帰るように言って」

五野さんというらしい目の前の男性が、またこっちに視線を向けた。

「えっと、その……」

どこから話そうか迷ったが、その人は私が困っている状況を察してくれたようだ。本間さんには声が届かない、少し離れた位置へ一緒に行こうと指で示した。

そうして移動すると、五野さんが口を開いた。

「この前はごめんね」

「いえ、こちらこそすみませんでした」

あのときも何回も謝ってくれたよな。正面を注意しないで走っていた、私のほうにほとんど非はあると思うのに。

「それで、どういうこと？」

「あの、これをあの方が落とされたみたいで、拾いまして」

「え？　ああ」

五野さんは私が見せた冊子に見覚えがあるような顔をした。

「じゃあ、俺が渡してあげるよ」

「……そうですか。すみません」

「でも、どうしたの？　本間くんのあの様子は」

「なんか、私が自宅のマンションのポストにチラシを入れられたことを怒っていると、勘違いされているようで」

「そっか」

合点がいったらしく、うんうんと首を縦に振った。

「そのチラシを投函する仕事、俺が先にやってて、彼が自分もやりたいっていうので始めたんだ。ところが、あるマンションで住人に入れるなって怒鳴られたらしくて、辞めちゃうくらいショックを受けた感じだったから、どうしたかなと思って心配で見にいったときに、きみとぶつかっちゃったってわけなんだ」

「ああ」

なるほど。そういうことだったのか。

「じゃあ、はい。渡しとくよ」

促されて、冊子を預けた。

「それで用は終わり？」

「いや……」

本間さんに話したいことがあったんだよな。

そうだ。本間さんは聞いてもらうの難しそうだし、この人に言ってみたらいいかも。五野さんもチラシを入れる仕事の経験者だし、善い人で頼りになりそうだもんな。

「あの、唐突ですみません。訊いていいですか？」

「ん？」

「その冊子に書かれてあるのを勝手に見ちゃったんですけど、その仕事って、チラシ一枚入れるごとに何円かがもらえるというかたちなんですよね？」

「うん」

「じゃあ、今話にあったように怒鳴られたりして、ポストに入れられなかったら、そのぶんは〇円になってしまうわけですよね？」

「そうだけど」

「だったらですよ、ポストの主の人たちに、チラシを投函してもらえるお金の一部を渡すから入れさせてもらえませんかっていうふうにしたらどうですか？　数円でも、それなら受け取っていいと思う人が大半じゃないでしょうか。そうすれば、金額は減ってしまうけれど怒鳴られたりせず確実に入れられるし、禁じられているのを無視して入れるよりもその広告のイメージが良くなると思うんですけど」

「ふーん」

「こんなこと、あなたに言ってもしょうがないのかもしれませんが、そうできれば、あの方が仕事を辞めずに済むんじゃないかと思うんです」

「なるほどね、確かに。それじゃあ、難しいと思うから駄目元だけど、会社の人に話してみるよ」

「本当ですか？　お願いします」

「でも、どうしてそんなことまで？　落としたものを拾ってくれただけの関係なんだよね？」

「そうです。そうですけど……ちょっと、困っている人を見過ごせないタチなもので」

「へー」

五野さんは納得したっぽい表情になった。

まあ、よかったかな。

清水さんと、初めて会った部屋で再び顔を合わせた。

「なるほど、ベーシックインカムをヒントにしたのか」

「はい。少し前に、それについて書かれた新聞記事を見ていたものですから」

ベーシックインカムとは、生きていくうえで最低限要るくらいのお金を、現在あるお年寄りなどへの年金のように、国民全員に一律に配ることをいう。実現は可能だし、必要だとの意見がある一方で、働かない人が増えたり、やりたがる人が少ない仕事の担い手が一層いなくなってしまうといった懸念があるようだ。ともかく、それをもとにチラシを受け取る人にわずかではあるが一律にお金が渡るという発想で、五野さんに話したことを思いついたのだ。

「よくやってくれた。上出来だよ。本間くんのみならず、金に困っている数多くの人までも、たとえ少しでも助かる状態にしたのだからね」

具体的には、チラシ禁止となっているマンションなどにはお金をもらえるようにするから投函してもよいか前もって尋ねて許可を取っておき、そうでないところにはお金のことを記した紙を一緒に入れ、配布員がチラシを入れた場所を記録しておいて、受け取ったポストの主は相当時間が過ぎなければいつでも好きなタイミングで広告の会社に連絡をし、広告会社から派遣された人が投函したチラシで間違いないか確認のうえ、そのぶんの金額を支払うのだという。

そして私が考えたように、チラシを受け取ってもらえる割合が増え、広告の印象が良くなり、結果、売り上げも向上するので、広告の値段を上げることができるため、本間さんたち配布員の単価は下がらずに済むらしい。それでもなおチラシの受け取りを拒否するマンションもあるし、無理に投函して構わないから広告の価格を今まで通りにしてほしいという広告主もいるので、すべてではないものの、すでに半分以上はその形態になっているようだ。

本間さんではなく、五野さんに話したのが良かったのだろう。あのとき、あの人と会えて助かったな。

「ありがとう」

「いえ……」

清水さん自体に何かしたわけじゃないのに、ずいぶん心のこもったおじぎをされた。連れ去られたし、怖い雰囲気もあるけれど、トータルでは善い人なんだろうな。やろうとしていることは立派なんだし。

「じゃあ、今後もよろしく頼むよ」

「え？」

清水さんは腰を上げて、ＳＰっぽい男性に告げた。

「家まで送ってやりなさい」

「はい」

そのまま歩きだして、去っていこうとするので、私は立ち上がりながら、前回と同様に慌てて声をかけた。

「ちょっ……ちょっと、あの！　これで勘弁してほしいって言いましたよね？」

清水さんは不思議そうな顔で答えた。

「何を言ってるんだ。まだまだ困っている人はたくさんいるだろう。これはきみの天職みたいなもので、やめる理由なんてないじゃないか」

そして部屋を出ていった。

「そんな……」

私はソファーにドサッと腰から落ちた。


もー、どういうこと？　まさか一生やらせるつもりじゃないでしょうね。私はあんたの部下でもなんでもないっつーの。

自宅のテーブルの椅子に座っていると、美穂がやってきて向かいに腰を下ろし、声を潜めて私に言った。

「お姉ちゃん、ありがとね。新聞のやつ……」

しゃべりが中断した感じだったので、何かと思って視線をやると、美穂はぽかんとした表情でこっちを見ていた。

「なに？　人の顔をじろじろ見て」

「いや、なんでずっとニヤニヤしてんの？」

は？

「ニヤニヤなんてしてないでしょ」

「してたよ、今」

「してない」

「わかった。彼氏でもできたんでしょ？」

「できてなーい！」

大変な目に遭ってるってのに、ふざけるなっつーの。

「コラ。あんた、また美穂に冷たくしてるの？　優しくしなさい」

また母だ。面倒くさ……。

「お母さん、黙ってて。お姉ちゃんのこと、何にもわかってないんだから」

え？

「どうしたの？　急に。美穂」

「今まで、なんとなくそうしたほうがいいような気がしてたから言わなかったけどね、お姉ちゃんって、実はものすごく優し……」

「うるさーい！」

私のその声で、話していた二人がきょとんとした顔でこっちを向いた。

「何なの？　寛美」

「あ、いや、別に。ちょっと今、考え事をしてて、静かにしてほしかったの！」


朝、目を覚ますと、なぜだかやけにぐっすり眠れた感じがあった。

第四章

「あら～。せっかく途中までうまく言えてたのに」

何だ？　これは。

「次の場面。まずはもう一度、ＯＫシーンから」

……。

「続いて、ＮＧシーン」

馬鹿な。


「ハー」

勤務している中学校の、職員室の自分の席で、俺はため息をついた。

落ち込んでいるわけではなく、腹が立っているのだ。別の学校から異動してきて同僚となった、近藤さんという人に対して。

「西沢くん、どうかしたか？」

隣の初山さんが話しかけてきた。

「いえね、校長から、近藤先生を見習うといいって言われてたんですけど、何ですか？あの人。無茶苦茶じゃないですか」

近藤さんは、きっちり整った髪に、メガネをかけて、地味な色合いのスーツという、昔ながらのサラリーマンといった真面目な風貌で、最初の印象は悪くなかった。ところが、近藤さんの受け持つクラスの生徒たちの様子が、一見元気で問題はないようだけれど、どうも変に陽気過ぎることに気がついた。そして、徐々にその原因である、あの人のハチャメチャな言動があらわになっていった。

「先日も、近藤先生がネット上のトラブル防止の授業を、わかりやすい映像を使ってやっているというので、その資料を借りて一人で見たんです。そしたら、ドラマ仕立てなんですけど、近藤先生がやたらかっこいい主役で出演しているうえ、脇役でもちょいちょい登場してきて、次はいつ出てくるんだろうと期待させるようなつくりになっているんです。しかも、終わったと思ったら、最後にそのドラマのNG集がけっこう長くあるんですよ。あれじゃあ、おかしなものを見たという印象だけで、本来伝えるべきことがまったく頭に残らないですよ」

「そうか。でも、聞くところによるとあの人、今まで受け持ったどのクラスの生徒たちからも好かれ、いじめなどの問題もなかったらしいぞ」

その噂は俺も耳にした。しかしだ。

「笑わせて気分を良くさせて、生徒のストレスからの悪さなんかが起こらないようにしてたってことなんですかね？　問題があるのとないの、どっちがいいんだって訊かれたら、そりゃないほうがいいに決まってますよ。ただ、そんなやり方なら、教師は全員お笑い芸人に兼務してもらえばいいって話じゃないですか。生徒のためを思えば、悪いことをしたら厳しく叱るべきだし、少し嫌われてるくらいのほうがまともなんじゃないですか？」

「だが、些細なトラブルでも、起きれば猛烈に叩かれてしまう今の風潮を考えれば、賢い手なのかもしれないぞ。まあ、そうカリカリするなって」

チェッ。この人もけっこういいかげんだからな。真面目な教育論なんて、語り合おうとするだけ無駄か。俺が積極的に働いたり、理不尽な保護者に腹を立てたりすると、「若いな。テキトーに仕事をこなす処世術を早く覚えたほうがいいぞ」って顔をするが、俺はあんたの歳になっても絶対にそうはならないからな。もちろん近藤さんのようにもだ。

するとと初山さんは立ち上がって、ドアのほうへ向かった。

「あれれ？　先生、何ですか？　そのメガネは」

近藤さんが職員室に入ってきて、同じくらいの年齢のはずなのに、まるで上司の機嫌をうかがうように近づいた初山さんに本来呆れるところだが、確かに、何だありゃ？　怪しいパーティーに参加でもするかのごとく、メガネに派手な装飾が施してある。

「ハッハハッハッ。おしゃれですよ、おしゃれ」

何のためのおしゃれだよ。ここは学校だぞ。どうせまた生徒を笑わせて、気に入られようとしたに決まっているが。

「それはそうと、聞いてくださいよ、初山さん。私、生徒を指導するうえで、いいことを思いつきましてね」

ん？　何だ？

「ほう。ぜひおうかがいしたいですけれども」

「名づけるならば、魅惑の近藤カード作戦です」

はあ？

「何ですか？　それは。とても興味深いですね」

「初山さん、プロ野球選手のカードをご存じですか？」

「もちろん知っておりますとも。昔は、今もあるのかな？　お菓子に付いていましたよね。私も集めましたよ」

「それの、私、近藤バージョンのカードを、生徒が善いことをした際にあげるのです。

サッカーで悪質なプレーをしたとき、審判がイエローカードやレッドカードを出すのを見て、その反対のことをしたらどうかというのでひらめいたんですが、初めは、嬉しかったり、またそれが欲しいという動機でも、子どもたちに立派な行いをするクセがつくのではないかと思うんですよ」

「なーるほど」

「で、さっそくいくつか作ってみたんです。これは『聴く者を魅了する授業を行う近藤』。それから『遠くから生徒を見守る温かき近藤』ですね」

「うわっ、どちらもすごくかっこいいじゃないですか。二枚目俳優みたいだ」

くだらねえ。そんなのを欲しがる生徒がどこにいるんだよ。

「他にも、『爆音に苦戦しながらも、シンバルを奏でる近藤』、『盗塁を刺す、強肩自慢の近藤』、『着物姿がサマになっている、将棋の名人ふうの近藤』などなど。いかがです？」

「どれも、本当に素敵ですね。そのカード、私も欲しいなあ」

嘘つけ！　いらんだろ。そんなもんもらったら、あんたも生徒も迷惑に決まっている。

「さらに、カードが十枚に達した暁には、この『流れる汗をぬぐいながらスポーツドリンクを口にする、キラキラの近藤カード』を手に入れることができるんです」

「わわっ、そりゃ豪華だ。もらった生徒はみんなにうらやましがられますよー」

アホか！　環境問題が重要視される今のご時世、無駄なゴミを増やす行為はやめろってんだ。

なおも二人は会話を続けた。もう俺は聞くのをやめにしたが。

「すごい！　面白いですねー。近藤先生はアイデアの宝庫だ」

「そうですか？　アハハハハ」

まったく、浮かれやがって。何が可笑しいんだ。くそっ。

それにしても、初山さんだけならまだしも、誰も俺みたいに不満そうではないし、みんな初山さんと同じような意見なのか？　だとすれば、ここの教師たちは腐ってる。初山さんが言っていたことは逆だ。そんなんだから外部の人間はすぐに批判をするんだよ。

「ハー」

また、ため息が出た。


だいぶ暗くなった時間帯に、帰るため、学校を後にして道を一人で歩いていると、前方に近藤さんの姿を見つけた。

隣に若い男がいる。歳の感じからいって息子でもおかしくないが、その若者は美形な顔立ちで、地味な容姿の近藤さんとは似ても似つかない。お互いの態度から判断するに、昔の教え子といったところじゃないだろうか。

若い男は、礼儀正しく近藤さんに頭を下げて、去っていった。

……確かに、俺は教え子にあんな慕われた接し方をされたことはない。しかし、所詮生徒の表面的な気持ちをつかむのがうまいだけだ。洗脳と言ってもいいくらいだ。そうそう、体罰をする教師に感謝してしまう生徒がいて問題だという話もあるし、近藤さんを良いと思う生徒を増やしていいわけがない。なんとかすべきだ。

とはいえ、すでに近藤さんのクラス以外の生徒のウケもかなりいいようだし、下手に刃向かったら孤立しかねないからな……。どうにかならないものか。


近藤さんのクラスでの授業中、俺は生徒たちに話しかけた。

「みんな、近藤先生はどう？」

予想はしていたが、みんな違和感を抱いた顔になった。そりゃそうだ。いつもは授業内容に関係ない話などしないし、こんなに明るくしゃべったりもしないんだから。

「びっくりしたけどさ。面白いよね、あの先生。知ってるかな？　昨日も、可笑しなメガネをかけてたよ。なんか、派手な装飾が上と外側の部分に施してあってさ。こんなだよ、こんな」

よし。おちゃらけた動きをしたのが効果的だったようだ。爆笑というほどではないが、全体的に笑いが起こった。

しかし、俺が近藤さんに影響を受けて、自分も人気欲しさにおどけたんだと思われたら心外だな。

まあ、仕方ない。ここは我慢だ。


「水谷さん」

休み時間に、水谷が都合よく廊下に一人でいた。近藤さんのクラスの女子だ。

「ちょっといいかな？」

周辺に他の人間がいない位置に呼び寄せた。

「あのさ、近藤先生のこと、どう思ってる？」

「え？」

明らかに表情が曇った。

「もしかして、あまり良く思ってないんじゃないかい？」

「別に。そうだとしたら、何だっていうんですか？」

おとなしいコだと思ってたのに、ずいぶんぶっきらぼうに答えたな。

「実は、さっき近藤先生の話をしたのは、みんなの反応を見たかったからなんだ。確かにあの先生は面白いけれど、少し度が過ぎているとも思える。違和感を抱いてるコもいるんじゃないかと思ってさ。どうかな？」

水谷の顔つきが変わった。

「はい。この先、勉強とか、真面目にやる気がそがれるんじゃないか、すごく不安です」

やはりな。そこまで勤勉なコじゃないはずだし、今言った理由が本当か建前かはわからないが、とにかく近藤さんに不満があるということだ。

「そうか」

俺は理解できるよという感じで何度もうなずいた。

「多分、近藤先生と関わる機会がある他のクラスの生徒のなかにも、同じような気持ちのコはいると思うんだ。たとえ少数だとしても、みんなで力を合わせれば歯止めをかけられると思う。もちろん僕も協力するから、何かあったら相談しなよ。な？」

「はい」

素直な様子で、水谷は力強く頭を縦に振った。

「先生、聞いてください」

水谷が俺のところにやってきた。近藤さんのことでだ。これは相当嫌なんだな。表情にもはっきりとそれが表れている。

またできるだけ他の誰かに聞かれない場所に移動して、耳を傾けた。

「帰りの連絡が終わった後で、あの人が切りだしたんです。そうだ、近々この学校に新しい名前がつくぞ。おそらく『甘いマスク中学』になるだろうって」

「ええ？」

何だ、そりゃ。

「全然知らないよ、そんなこと」

無茶苦茶過ぎるだろ。

「今の清野中学では、この誉れ高い私が勤める学校の名としては、いまひとつ物足りないと感じていたんだ。まあ、楽しみにしておきなさい、って言い残して、教室を出ていって。私、ムカッときたので、追いかけて文句の一つでも言ってやろうかと思ったんですけど、ちょっと躊躇しちゃって、できませんでした」

本当かよ。その心意気は好ましいが、やり過ぎても困るからな。

「いいよ、いいよ。それはやらなくて正解だったよ。勢いで行動すると、悪い結果になる確率が高くなるからね」

「ただですね、その後のみんなの反応が、また面白いことをやるなと相変わらず喜んで受け入れるような人がいる一方で、甘いマスク中学なんて名前じゃ恥ずかしいとか、今回はどうかなって声もけっこう聞こえたんです」

「そうか。そうだよね」

チャンスだ。

やはり、ずっとあんなふざけた態度で万事うまくいくはずがない。過去の噂は誇張されたもので、比較的うまくいっていた程度だったか、もしくは、たまたま運良くうまくいっていたために悪ふざけがエスカレートして、今回のようなボロが出て当然のひどい状態まで達してしまったかの、いずれかだろう。

俺がお灸をすえてやる。


職員室前の廊下で、水谷は近藤さんに言い放った。

「先生、いいかげんにしてください！」

その場には他に、同じく俺が声をかけた、近藤さんに不満のある生徒が男女二人ずついるが、みんな水谷を盾にしてる感じで、彼女がいなければ文句を言えていたか、かなり疑問だ。普段教師に悪い態度をとることはあっても、面と向かって批判を口にするのはハードルが高いようだ。

しかし改めて、水谷がここまで頑張ってくれるとは以前の印象からは考えられない。掘り出し物を見つけたような気分だし、実に頼もしい。

水谷は強い口調で続けた。

「今回の件では、ここにいる以外のたくさんの生徒も不愉快に思っているんです。これ以上ふざけた振る舞いをやったら、親や教育委員会に言って、厳正に対処してもらいますからね！」

いい……あ？　ええ？

「いいぞ、水谷」と思ったら、直後に近藤さんがゲッソリとやつれて、別人に見えるくらいにまでなった。

きつく言われたショックでなってしまったようにも、いつものおふざけのようにも、どっちにも取れるが、何にせよ、あまりの激変ぶりに生徒たちは驚いて固まってしまった様子で、そのままの状態で職員室に入っていく近藤さんを無言で見送った。

少しして我に返ったらしい生徒たちが、離れて見ていた俺のもとに小走りでやってきた。

「先生、見てたんですよね？」

水谷が言った。

「ああ」

「何なんですかね？　最後のあれ。ふざけてるんですかね？」

いや、俺に訊かれても。

「さあ？　それか、ああ見えて、すごく打たれ弱いのかもな」

まあ、どっちでもいい。ふざけたんだとしてもショックはあったはずで、はっきりとショックを受けた姿をさらしたくなかったから、必死にふざけた感じにした可能性もある。

十分に効果のある批判だっただろう。

「どっちにしても、よくやったよ。これでもう下手なことはできないはずだし、もし変わらなければ、本当に保護者や教育委員会に訴えて、なんとかしてもらおう。ご苦労さん」

ねぎらいの言葉をかけたことで、生徒たちは安堵の表情になった。


朝、通勤してきた俺は、職員室に足を踏み入れた。

「おはようございます」

自分の席へ向かう途中に、座っている近藤さんが目に入った。心中はわからないが、いつもより背中が丸くて落ち込んでいるように見える。いけないと思いつつ笑みがこぼれて、口もとを手でふさいだ。

ん？　教頭が俺のもとに近づいてくる。普段めったに怒らない女の先生だけれども、何やら不満があるような顔だ。

「西沢先生」

「はい」

「あなた、うちに新たな学校名がつくことを知ってらっしゃいますね？」

え？

「ああ、はい。噂で聞きましたけど」

「それ、なぜやるのかご存じですか？」

は？

「近藤先生による、いつものパフォーマンスみたいなことでじゃないんですか？」

そうだろ？　あんなおかしな名前になるのに、他に何があるんだよ。

「いいえ」

教頭は首を横に振った。

「ネーミングライツによるものなんです」

はあ？

「ネーミングライツって、あの、野球場なんかの名前を、一定の期間販売するってやつですか？」

「そうです。今、貧困状態にある家庭が少なくないですよね。ですので、主にそうした家のコたちの教育費として役立てられるように、近藤先生が考えられたんです」

「ええっ」

馬鹿な、そんなわけ……それに。

「それなら、なぜ生徒に言う前にちゃんと説明してくれないんですか？」

「確かに、まず教員に話すべきですし、そうする予定でもいました。けれども、実はうちの学校に来ることが決まっただけでまだ前のところに勤めている時期から、忙しい通常の仕事の合間を縫って自らセールス活動をしていて、ようやく合意にこぎつけた嬉しさで、つい子どもたちに口にしてしまったそうです」

「……しかし、いくら生徒のためとはいっても、あんな学校名にして大丈夫なんですか？学校の名称は人の名前や地名に匹敵するとも言えるくらい重みがあるもので、思い入れが相当な人もいるでしょうし、スタジアムなどと同列には扱えないんじゃないですか？」

「そうですね。なので、あくまで愛称であって、正式な名前は変わらずそのままなんです」

う、嘘だろ。

「近藤先生、昨日の放課後、批判してきた生徒の家を一軒一軒説明して回って。皆さん、納得していただけました。特に水谷さんのところはまさに経済的に大変な状況で、それで彼女、近頃精神的に不安定だったようですが、話を聞いて文句を言ったことを謝罪し、涙を流して感謝されたそうです」

そんな……水谷の家が厳しい経済状況だなんて、別のクラスだし、把握してなかった。

「それにしても、そのコたちをたきつけたのは、あなたらしいじゃないですか」

「え」

やばっ。

ど、どうしよう。

「あなた、近藤先生のことをあまり好ましく思ってらっしゃらないようですが、生徒を利用するようなやり方はないんじゃないですか？」

「しかも、保護者や教育委員会を口に出すよう助言するなんて。教師なら、それがどれほどこたえるか、わかっているでしょう！」

教頭は興奮して、どんどん怒りの感情が強くなっているようだ。どう言い訳しても、火に油を注いでしまうだけだろう。

「まあ、教頭先生」

え？

近藤さんがやってきて、俺たちの間に入って教頭を止めた。

「先生も西沢くんもやらなきゃいけない仕事がたくさんあるでしょうし、そのへんでもういいんじゃないですか？　私もするべき説明を怠ってしまったわけですしね。実は、私がネーミングライツの営業をやっていることを聞きつけたという、二十歳くらいの青年にアドバイスされたので、愛称というかたちにしましたけれど、その助言を受けずに正式な学校名で契約を交わしてしまっていたら、私のほうが今、西沢くんの立場になっていたかもしれない。だから、見ているとつらいです。お願いします」

近藤さんは自身の謝罪のように深く頭を下げた。

「わかりました、わかりました。先生がそうおっしゃられるなら」

教頭は冷静になったようで、慌てて近藤さんの姿勢を元に戻した。


放課後。トイレに行って出て、俺は今廊下を歩いている。朝の出来事によって今日は一日ずっと放心状態で、ようやく我に返った感じになってきたところだ。

「で～かした～　で～かした～」

ん？

歌声がして、目をやった。近くにいた二人の男子生徒の片方が口ずさんだのだった。

「よ〜くやった〜　よくやった〜　でもいい気にな〜るなよ〜　でも調子に乗〜るなよ〜

その分け前は当初の予定通り、お前が三で俺が七だ！　で〜かした……」

「プププ。何だよ？　その歌。『その』からの語りといい」

「これ、近藤先生が何回も歌っててさ。面白いし、簡単なメロディーだから、覚えちった」

「なんでそんな何回も歌うんだよな」

「いや、なんか文化祭でやりたいことがあって、それで使用するらしいよ。そういや、今日の放課後に、音楽室でその練習をするみたいな話もしてたな」

え？　文化祭？　それが本当だとしたら、いくら練習とはいえ、ちょっと時期が早過ぎるだろう。

そういえば、ネーミングライツの営業も、この学校に着任する前からやってたって言ってたよな。教師は忙しい、だからこそ早く取りかかり、時間をかけて努力したぶん、いい結果を残せるってことか……。

「西沢先生。いかがですかな？　近藤先生は」

「校長先生」

いつのまにか目の前に校長が立っていた。この人は、おおらかで、何が起きても動じない雰囲気がある。このときを待っていたといった感じで、語りだした。

「以前、近藤先生と話をした際、こんなことをおっしゃっていましたよ。『ドラマの熱血教師って、大人の理想を描いていると思うんです。自分たちが素晴らしい言葉を熱く語りかければ、子どもがそれに応えてくれるという。しかし、人間というのはどうあがいても弱い面や駄目な部分をゼロにすることはできません。なのに、困難な場面で勇気を出して正しい行いをすべきだというような立派なことばかり口にする先生には、実際は何かあったとき相談しづらい。結果、悩みを一人で抱え込んだり、隠れて悪い行為に及ぶコが出てしまったりもするでしょう。ああいう先生が教師の手本のようになっているから、現実でうまくいかないケースが多いんじゃないでしょうか』とね」

……本当かよ。あの人が教育について、本当にそんな真面目な話を？

「その意見には賛否あるでしょうが、単なるハチャメチャな人ではないということですよ。といっても、私も偉そうに語れるほど彼のすべてをつかみきれているわけではありません。ただ、教育に対する意識の高さが並外れていることは間違いないと思っています」

頭が混乱していると、校内放送のスピーカーから近藤さんの声が聞こえてきた。

「おい！　西沢くん、いるだろ？　音楽室に来いよ！　一緒に歌おうぜ、カモン！」

え？　どういうことだ？　まるでこっちの様子が見えているようなタイミングだ。

だがそれよりも、なぜだ。俺はあんたを痛めつけようとしたんだぞ。それなのに、なんで俺を……。

戸惑う俺に、校長が「行っておやりなさい」といった表情で深くうなずいた。

そうだ。校長が今言ったじゃないか。近藤さんが、人間は駄目な部分があるものだと口にしていたと。だから、「気にするな。誰でもそれくらいのことをしてしまうときはある。一緒に歌でも歌って水に流そうや」ってところじゃないか？　……負けたよ。ずっと問題なくクラス運営ができていたのは、おふざけでの人気取りや運ではなく、ちゃんとした技術と努力、そしてその寛容な精神による、妥当な結果だったってわけだ。

校長に頭を下げた俺は、一つ上の階の音楽室まで走っていって、ドアを開けた。

「来たな！」

近藤先生は、歌っていて興奮したのか、ロックミュージシャンのような荒っぽい雰囲気になっていた。

「ここまで来い！　ダッシュだ！」

部屋の奥のほうにいる近藤先生はそう声をかけた。

俺もエキサイトし、そこには歌の練習を手伝っていた様子の吹奏楽部らしき生徒たちもいることに途中で気づいたが、構わず、まるで長年会えなかった恩師と再会したように、近藤先生のもとへ駆けていった。

「すみませんでした、先生！」

すると、近藤先生は自らの着ている服をはぎ取った。すぐに脱げるよう細工が施してあったようだ。そしてブリーフ型の黒いパンツとすねまでの長さのシューズという、プロレスラーの格好になった。

「とお！」

「ぐわっ！」

俺は床に倒れた。

何が何だかわからない。しかし間違いなく、近藤先生は向かっていった俺に思いきりジャンピングニーを食らわせたのだった。

倒れた体勢のまま見上げると、先生は部屋にいる生徒たち目掛けて、右手を突き上げて叫んだ。

「正義は勝ーつ！」

生徒たちは、コントでも見せられたと思ったのか、それとも前もってこうすると聞いていて成功したから喜んだのか、ともかくワーッと笑顔で盛り上がった。

コノヤロー！　友好的なふりして、恥をかかせるつもりだったのか！

俺は起き上がり、近藤先生、いや、近藤に、プロレス技のドラゴンスリーパーをきめた。

「どうだ、コラ！」

「フハハハハ」

近藤は技をかけられた状態のまま笑った。

「なかなかやるじゃないか。久々にスカッとしてるんじゃないか？」

それを聞いて、はっとした。俺は中学まではよく友達と、こんなふうにプロレスごっこのようなことをしたものだった。しかし、高校は進学校で勉強中心の生活になったのに加えて、周りはプロレスなど興味ない奴らばかりで、その頃から腹の底から笑うといったことをしなくなってしまった気がする。まさか、それを知っているなんてことは……。

「わっ」

近藤さんはスリーパーから逃れ、逆に俺に卍固めをきめた。

痛い。だが、気分がいいぜ。ありがとう近藤さん。やっぱりあんた、すご……いてえ。

ちょ、ちょっと。きつく技をきめ過ぎだろ。

「いててて！」

やっぱり俺にやられたことを根に持ってたんだな、コンニャロー！

覚えてろ。いずれマットに沈めてやるからな。

第五章

繁華街からかなり離れた場所に位置し、気づかずに通り過ぎてしまうような地味な店構えである定食屋で、客の仰《ぎょう》ひろしは、目の前にいる二十歳の男の店員相手に話をしている。

「野球のピッチャーは、ここで打たれたら試合が決まってしまうかもしれないといった重要なピンチのとき、変化球よりもストレートを投げたいと思うらしいんだ。なんでかわかるかい？」

「いえ、わからないです」

穏やかな性格そうな店員は答えた。

「力を抜いて投げる変化球よりも、全力で投じるストレートのほうが、打たれた場合、後悔が少ないからだそうだよ」

「へー」

店員は感心した様子で相槌を打った。

「そして、それを知って真っ先に私の頭に浮かんだのは、電化製品だったんだ」

店員は「なぜ?」という顔をした。

「今の電化製品は、やたらといろんな機能がついているじゃないか」

「はい」

「若者だって全部は使いきれないし、年寄りにはわかりにくくて便利どころか不便さを感じさせてしまっている。それに、便利な機能は一つか二つ程度でいいから、そのぶん価格を安くしてほしいと思うのが、普通の消費者の感覚だろう」

「そうですね」

「その点はつくる側もまったくわかっていないはずはない。しかしあまり積極的に簡素化しないのは、おそらくつくり手の、できることはすべてやろうとしてしまう気持ちが影響している。つまり、売れなかったとき後悔が少ないように持っている力を出しきろうという、野球のピッチャーと同様の心理が働いていることが大きいと思うんだ。それを自覚できれば、おのずと行動も最適なものへと変わるだろう」

「はー、なるほど」

「友人にそう語ったら、『いや、すごい。きみの話にはいつも感心させられる』なんて言うんだ。そんなたいしたことはないのに」

「いえ、本当にすごいです。僕も、偉そうな言い方になってしまうかもしれませんが、感心しました」

「そうかい？」

仰はまんざらでもない顔になった。

「おっと、こんな時間か。そろそろ失礼するよ」

それを聞いて、店員は素早くレジへ向かった。

「はい」

そして済ませた会計の後も、わざわざ出入口のところまでついていき、仰を見送った。

「ありがとうございました」

彼がドアを閉めると、奥から店主である中年の男が出てきた。

「帰ったのか？」

「あ、はい」

「しかし、来るたびベラベラよくしゃべりやがってな。うちは飲み屋じゃねえんだから、そんなに親切に付き合うことねえぞ」

この男はぶっきらぼうで、客商売に向いていないのは明らかだ。客に頭一つ下げたこともないのではあるまいか。

「でも手が空いてますし、僕、話を聴くの、そんなに嫌じゃありませんから」

「悪かったな。やることがない暇な、客が入らない店で」

店主は不機嫌な表情になった。

「あっ。いえ、そんなつもりじゃ……」

店員は、しまったという顔をした。

「ふん」

店主は店の奥に戻っていった。


今日、そば屋にいる仰は、庶民的なその店には不釣り合いな、おしゃれで高級そうなハットとコートを身にまとって、席に座っている。

店を手伝っている、十九歳の、店主の娘が声をかけた。

「仰さん。ビールをもう一本、お持ちしましょうか？」

「いや、もう失礼させてもらうよ」

腰を上げた仰は、軽く気取ったポーズをして尋ねた。

「ところで、どうだい？　今日のこのファッション」

「お似合いです。すごくかっこいいですよ」

娘は笑顔で答えた。

「本当かい？　そう言われると、照れるけど、嬉しいよ」

仰も微笑んだ。

そして、支払いを済ませた。

「ありがとう。じゃあ、グッドラック」

人差し指と中指を立てて額にこするように動かすキザな動作をして、仰は店を後にした。

「ありがとうございましたー」

娘が言った直後、出前に行っていた店主の男性が、仰と入れ違うかたちで店に入ってきた。

「あっ、おかえりー」

店主は何やら不機嫌そうな顔だ。

「おい。今出ていったの、あれか？」

娘に、ドアの外を指さして訊いた。

「え？　うん。仰さんだよ」

「まったく、場違いな格好をして来やがって。それで、今日は何を頼んだ？」

「ビールを一本」

「ビール一本だあ？　うちは飲み屋じゃねえぞ」

定食屋の主人と同じ台詞を口にした。気が短そうなところも似通っている。ただ、この店主は普段客にきちんと愛想よく接している。

「お腹がすいてなかったんだって。それより、ちょっと、なに？　お客さんに対してその口振りは」

娘が怒ったように話すと、奥から店主の妻が声を発した。

「お父さん、あの人があんたに気があって、そのうちちょっかいを出すんじゃないかと思ってイライラしてんのよ」

それを聞いて、娘は呆れた様子で店主にしゃべった。

「だから店を手伝わなくていいって言ったの？　まったく、そんなわけないじゃない。あの人、どう見ても四十歳は過ぎてるでしょ。結婚してる可能性が高いし、してなくても、私なんかに興味ないよ」

「いや、あるだろ。じゃなきゃ、毎回あんな気取った格好で来るか？　結婚してたって関係ねえんだ、ああいう野郎は。それに、金持ってそうなのに、前も時間がないとか抜かして、ろくに注文しないで帰りやがったし、うちの店を馬鹿にしてやがるんだ。気に食わねえ。次やってきたとき、ガツンと言ってやる！」

仰はハンサムというほどではないが、ダンディーで、顔も雰囲気も濃い男だ。この店主のようなタイプの父親が、娘の周囲にいる男性に神経質になるというのは、ありがちな話だけれども、仰を目にすれば、どんな父親でも心配してしまうのかもしれない。

「いいでしょ、わざわざこの店に足を運んでくれてるんだから。それで、何なのって。お客さんに対してその口振りは……」

「うるせえ！　黙ってろ！」

店主は店の奥に引っ込んだ。


そば屋に、仰がやってきた。

「いらっしゃいませー。わっ」

店の娘は驚いた。この日の仰は、ほんのりメイクをし、奇抜と言っていいくらいに派手な髪と服装で、一段と店にそぐわない姿をしていた。

「うわー、今日はビジュアル系のバンドの人みたいですね」

笑顔で好意的な娘に対して、遠くにいる店主は腹立たしそうだ。しかし、その気持ちを我慢して飲み込んだ様子で、水を持って仰が座った席へ向かった。

「何にしますか？」

テーブルに水を置いて尋ねた。

「おや、珍しい。今日はご主人が注文をとられるんですか？」

仰は店主が不機嫌なことにまったく気づいていない感じの態度だ。

「ええ。それで、何にしましょう？」

「じゃあ、すみません。今日もあまり時間がないので、ビールを」

「ビールね……」

店主は顔が引きつったが、娘に宣言したように文句を口にしたり、怒りを示す行動に出たりはしなかった。

「あの、仰さんでしたかね。ちょっとお訊きしてよろしいですか？」

「はい」

「おたく、仕事は何をされてるんですか？」

「私は経営コンサルタントをしております」

仰は、唐突な問いかけにも、わずかの躊躇もなく答えた。彼の表情はどこかその質問を持ち望んでいたかのようだった。

「中小企業診断士の資格も持っています」

すると、軽く店内を見渡した。

「失礼ですが、こちらのお店、いつもあまりお客さんが入ってらっしゃらないようで。立て直し甲斐がありますね」

確かに、今も客は仰を除けば一人だけで、お世辞にも繁盛しているとは言えない。

「あんた、まさか、それが目的で……」

つぶやくようにそう口にした店主は、はっきりとした口調になって仰に告げた。

「うちには相談に乗ってもらうお金なんてありません」

「いえ、お金をいただこうとは思っていません」

「それだけじゃない」

店主は真剣な顔で語りだした。

「私は、弱い立場のお客さんの味方でいたい、居場所を提供したいと思って、店をやってまして、商品の値段はギリギリまで安くしています。儲けようなんて考えたこともないし、経営がどうだとか気にしだしたら終わりくらいに思っている。だからコンサルタントなんて、うちには必要ないんです」

それは仰が気に入らないから追い払うために言ったのではなく、本心の言葉であることは間違いなさそうだった。

「なるほど」

仰も引き締まった表情になっている。

「ただですよ、もしこのままの状態で、将来お店を続けるのが難しくなってしまったら、そのお客さん方が居場所をなくして、つらい思いをされるのではありませんか？」

「それは……」

店主は痛いところをつかれたといった顔になった。

「ご主人。なぜ私が毎回おしゃれをしてこちらの店を訪れるのか、おわかりになりますか？」

「え？」

「女性は、化粧をしたり、ファッションにすごく気を遣うのに、男が例えば鏡で髪を気にすれば、それだけでナルシストなどと言われてしまいがちです。最近は眉毛なんかを手入れする若者もいるようですが、全体から見れば一部でしょうし、それだって評判はいまいちなんじゃないでしょうか。男が草食で問題だと批判される一方、男性の魅力を意識しても悪く思われるご時勢です。そんななかで、このお店の可愛らしい娘さんが、毎回お世辞の感じがまったくなくファッションを褒めてくださって……私は気持ちよかった！」

なぜか最後の一言は、芝居の決め台詞のように言った。若干ふざけた感じもして、唖然となった店主に、仰は真面目な表情のまま続けた。

「ご主人。私も儲けることしか頭にない人は嫌いです。そして、ご主人のポリシーは大好きです。本当にご主人がお客さんを第一に思い、お客さんが望むことを考え続けていれば、このお店がつぶれることはないでしょう」

仰は立ち上がった。

「すみません、ビールは結構です。今日はもう失礼します」

軽く会釈して店を出ていき、ドアが閉まった。

店主とその後方にいる娘は、呆気に取られたように少しの間沈黙した。

「バーロー。今日はついに何も口にしなかったな」

なんだか、してやられたとでもいった雰囲気で、店の奥へ行こうとする店主。すると、何かに気づいた様子の娘が話しかけた。

「ねえ、もしかして、今のがアドバイスだったんじゃないの？」

「あ？」

どういうことか尋ねる顔で、店主は振り返った。

昼食どき、三十代とみられるサラリーマンふうの男性二人が、そば屋に入ってきた。

「いらっしゃいませー」

「え？」

その二人の客は驚いた。

「ご注文が決まりましたら、お呼びください」

水を運んできて言った娘に、片方の男が訊いた。

「なに？　この近くでイベントでもあるの？」

それというのも、周りにボディビルダーやパンクロックのバンドマンといったコスプレにも見える多種多様な格好の男の客が、あちこちにいたからだ。そして、彼らは店内の至るところに置かれた小さい鏡で自分を眺め、気取ったポーズをきめたりしている。

「ああ」

娘は質問の意図を理解し、笑顔で答えた。

「いいえ。うちの店が、かっこつけ放題となっているからなんですよ」

「え？」

「お客さま方も、どうぞ思う存分、かっこつけなさってください」

「ちょっと、ねえちゃん」

横から、七十は過ぎていると思われる男性客が、娘に声をかけた。リーゼントにした自分の頭を指さし、問うた。

「どうかな？　このヘアースタイル」

「すごく素敵です。男らしさが増しました」

娘に微笑んだ顔で言われ、男性は満足そうだ。

「そうかい」

客の多くは嬉しそうだったり、楽しそうにしているが、今来た二人の男は顔を見合わせ、冷ややかな表情になった。


そば屋の目の前の道を、夫婦らしき中年の男女が歩いてきた。

その女性のほうが、そば屋を指さして言った。

「ねえ。そこのそば屋、訳のわからないサービスを始めたんだってよ」

「訳のわからないサービス？　どんなサービスだよ？」

「なんか、おしゃれし放題だとか」

「何だ、そりゃ。おしゃれをするのなんて自由じゃないか。し放題も何もないだろう？」

「知らないわよ、私に言われても」

「気でもおかしくなったんじゃないか？」

「そうかもね。まあ、どっちみち、みすぼらしい店で入ることなんて一生ないから、どうでもいいけどさ」

そば屋のドアが開いた。

「いらっしゃいませ……あっ、仰さん！」

今日の仰はこれまでとは違い、普通のスーツ姿だった。娘が素早く近くまでやってきた。

「どうして最近来てくれなかったんですか？」

「ちょっと、いろいろ忙しくてね」

「見てください、店内」

「ん？」

店は満員で、生き生きとかっこつけている男性客に、同じように女らしさを楽しんでいる女性客、そして普通の客もたくさんいる。

「なんだかんだ言っても、いっぱいお客さんが来てくれるほうが嬉しいですよね。最初は店の雰囲気がおかしくなって嫌になったとおっしゃる方もいたんですけど、だんだんと、ここまで笑顔の人が大勢いると、全然良いことがなくても、なんだか自分も明るく幸せな気持ちになって、また来店したくなったってお客さんが増えたんですよ。今ではおしゃれを満喫したいお客さんもそうじゃないお客さんも仲良くされている状態です。ほんと、仰さんのおかげです」

「……と言われてねえ」

定食屋で、仰はまた二十歳の男の店員に話をした。

「へー、すごいですね」

笑顔で店員は言葉を返した。今日もずっとそばで話を聴いていた。

仰が時計に目をやった。

「じゃあ、そろそろ失礼させてもらうよ」

「はい」

「しかし、いつも悪いねえ。長々話を聴いてもらって」

「いえ、全然。楽しいですし、勉強にもなりますから」

「ほんと、どこで同じことをしても煙たがられるのがオチだよ。それなのに、ここできみみたいな若者が、毎回嫌そうな雰囲気が微塵もなく自慢話を聴いてくれて……私は気持ちよかった！」

また仰は最後の部分を決め台詞っぽく言った。

「え？」

店員は少しぼんやりした感じになった。それに気づいていながら敢えて何も口にしない様子で、仰は告げた。

「じゃあ、お代はここに置いてくよ」

テーブルに金を残して、仰は店を後にし、無意識のように店員は声を出した。

「ありがとうございました!」

店主が奥からやってきた。

仰のグチでも言いたそうな顔つきだったが、店員の様子がおかしいことに気づいたようだ。

「おい、どうかしたか?」

「いえ……」

すると、店員ははっとなった。


夕方を過ぎて、外が暗くなってきた時間帯に、定食屋で、五十歳前後とみられる男性客が、一人寂しげに食事をしている。

「ごちそうさま」

そう言って、ポケットから財布を出そうとしたその客に、若い男の店員は歩み寄り、微笑みながら話しかけた。

「お客さん。お帰りになる前に、何か楽しいお話を聴かせていただけませんか？」

「え？」

「当店は、自慢し放題となっておりますので」

「あ？」

男性客は訳がわからないという表情になった。

「最近や昔のちょっとしたエピソードでも、大好きな趣味のお話でも、しゃべりたいことがあれば何でもうかがいます」


仰が定食屋にやってきて、ドアを開けた。

「あっ、仰さん」

出入口近くにいた店員は、顔を向けた。

「いいかな？」

「非常に申し訳ないんですが……」

店員は厳しい表情になった。

「お客さんがいっぱいで、待っていただくことになってしまいます」

席はすべて客で埋まっている。以前は考えられなかったことだ。

「じゃあ、また来るよ」

ようやく手が空いた店員は、仰の間近まで行った。

「すみません」

深々と頭を下げた。

「仰さんのおかげです。ありがとうございます」

「別に私は何もしてないだろう」

仰はそう言い残して、忙しい店員を気遣うように足早に店を後にしていった。

それにしても、この二十歳の男の店員は聴き上手だ。私も促されて、テキトーに話をするつもりが、ついうっかりすべてをさらけだしそうになってしまった。老若男女関係なく、自慢からグチ、相談に至るまで、話したくてうずうずしているような者たちが毎日大勢訪れるが、当然だろう。私はカウンセリングというものを受けたことがないのでよくはわからないけれども、優秀なカウンセラーとは彼みたいな人間を言うのではなかろうか。

「すみません。会計、お願いします」

声をかけると、店員は話を聴いてあげている相手におじぎをし、こちらを向いて返事をした。

「はい」

金を払って、私は店を出た。

「ありがとうございましたー」

するとと、私が外に現れるタイミングをわかっていたかのように、五野円と名乗る男がこちらに歩いてきた。

「いかがですか？」

「その前に訊かせてくれ。あの若い男は本当にそんな悪さをしていたのか？　すごく穏やかで、まったくそんなふうには見えないが」

この五野の話によると、あの店員は過去、盗みなど警察の世話になる悪事をくり返し行っていたという。

「ええ。調べてもらえばわかりますけれども間違いありません。とはいっても、悪い同級生に無理やり手下のようにされていたためなんですが。それでも深く反省し、もう道は外すまいと心に誓ったんですが、なにせ真面目で、仕事の面接の際、悪いことをした過去を正直に告げる一方で、言い訳になると考えたのか、強要されていた点は口にしない。それで次々不採用になったなか、ここの定食屋の主人だけは真摯に省みている目の前の姿で判断して、彼を雇ったんです。無愛想で、それがゆえにこれまで店に客が寄りつかなかったというのに。人は見かけによらないものです」

「そうか」

あの店主にそんな面があるとは、またしても信じられない事実だが、言われてみれば店員の店主への態度に、雇い主や年上である以上の敬いの感情が含まれているように見えなくもない。

「それで、仰さんのほうはいかがでしょう？」

そうだ。仰ひろしを観察するのが今回の目的だ。

「大丈夫だろう。それどころか、かなり気に入ると私は踏んでいる。あのお方はイエスマンよりも、自ら考えて行動する個性的な人間を好むからな」

「そうですか。それはよかった」

五野は嬉しそうに微笑んだが、最初からわかっていたのではないか。なぜかそう思えた。

「じゃあ、行くから」

「ご苦労さまです」

ともかく、五野と別れて、私はこれから清水さまのもとへ報告にいく。

第六章

「クックックックックッ」

「誰だ？　お前は」

「言ったところで理解できまい」

「何の用だ？」

「聞いたぞ。お前が弱い立場の者たちに援助を行う考えがあるとな。おまけに、幼い頃から人助けをしたいと思っていただと？」

「そうだ。だから何だ？」

「あの、お前がか？」

「私の何を知っているかわからんが、悪いか？」

「罪滅ぼしの間違いじゃないのか？」

「貴様、何者だ？　何のことを言ってるんだ？」

「フッ。自分の胸に訊いてみろよ」

「もちろん、この歳で、今までの人生で誰も傷つけていないなどとは思っていない。まして、長い間影響力の強い立場にいたんだ。多くの人に嫌な気持ちや、迷惑もかけたろう。知らないところで恨まれているなんてこともあるかもしれんな」

「ほう。他にはどうだ？　例えば、近くにいた女とかな」

「……彼女のことを言っているのか？」

「身に覚えがあるんじゃないか」

「むろん、悪いことをしたと思っているさ」

「永遠の愛を誓い合ったのにな」

「彼女は今、どこにいる？」

「さあな。もしかしたら、もう死んでいるかもな。お前とそう変わらん年齢なのだから」

「そうか」

「会って、謝りたいか？」

「いや。元気でいても、会わないほうがいいだろう。もう終わったことだ。迷惑がかかるだけだ。彼女もそう考えるはずだ。顔を合わせれば、私の気がどうにかなってしまうかもしれないしな。どうか、幸せで。それを願うだけだ」

「クックックッ。ほざけ。かっこつけるんじゃねえ。お前は苦しむべきだ。そうしてやる材料はいくらでもあるぞ」

「なにぃ」

「今、恨まれているかもだのと甘っちょろいことを抜かしやがったが、そもそもお前のことを大事に思っている人間がどれほどいるんだ？」

「何だと」

「お前は金があるだけの人間だ。そうだろう？」

「違う！」

「気づいているんだろう？　お前の……」

「清水さん」


私は目を覚ました。自宅のリビングのソファーに腰かけて、その気はないのに眠ってしまっていた。

「清水さま」

使用人が近づいてきた。

「何だ？」

「例の、五野円が来ております。どういたしましょう？」

「通しなさい」

「かしこまりました」

使用人は離れかけた。

「ちょっと待て。その前に、私のことを呼んだか？」

「は？」

「……いや、いい。行け」

「はい」

ほどなく、五野が入ってきた。

「そこに座るといい」

「失礼します」

五野は私が指し示した、向かいのソファーに腰を下ろした。

「いかがでしょう？　僕を受け入れる気になりましたか？」

この男は、突然我が家にやってきて、私が人を集めて社会的弱者を支援していることを聞きつけたから、自分をその一員にしてほしいと願いでたのだ。通常なら、おかしな人間かもわからないし、追い払うところだが、それを見越していたように素早く、自分がいかに信用できて役に立つかという話をした。

「確かにきみは、裕福ゆえにいい気になっているなどと周囲から悪く言われることが多かった私の孫の相談相手になって、その不満の解消策を引きだしてやり、さらに、松下くんの力にもなってあげたようだな。それらは評価しよう」

「ありがとうございます」

「では、きみがやろうと考えていることがあると言っていた中身を聞いてみようじゃないか」

「はい。まず、社会的弱者が増えたのは、日本の経済が長く振るわなかった点が大きな要素としてあり、そうなった原因の一つに、生活に要る一通りの物は各家庭に行き渡り、それほど何かを買う必要がなくなってしまった成熟社会になったからというのがあると思います。そこで、誰もが同じように必要とする物よりも、それぞれが欲しいと感じる物、つまり売り手側は消費者個々のニーズをつかまなきゃいけないわけですよね。もちろんそんなことは重々承知で、データを細かく分析したりして、商品やサービスづくりを行っているところもあるでしょう。しかし、もっとシンプルに、道行く人たちに尋ねるくらい単刀直入に、『こういう物が欲しい』とか『こうした困ったことがある』、さらには『こういった商品やサービスがあれば売れるんじゃないか』などの意見を訊いて、企業にその情報を提供したり、社会に広く公開したりする、ＮＰＯをつくってはいかがでしょう？　そして職員や有償ボランティアで貧困状態の人を多く採用すれば、その方たちの助けにもなるんじゃないでしょうか。それから、松下さん。彼女は高校生で、支援方法を考えて実践するまでをすべて一人でやり続けるのはまだ大変そうですので、そのＮＰＯに協力してもらってもいいのではないかと」

「ほう。では、あのコンサルタントの仰ひろしという男に関しては、どう考えているんだ？」

「あの方には、そちらにご覧いただいたように、人を大切にするけれど商売が上手とは言えない会社や店などの経営を助けるのを、今より積極的に行ってもらいたいと思っています。その会社や店自体が弱い立場だということもありますし、それらを元気にすることで、社会的弱者を支える力が何倍にもなるでしょう。今回見ていただいた助け方はかなり風変わりでしたが、ちゃんとした経営のノウハウも当然熟知していますし、腕は一流です。現在は趣味的に、耳にした情報から気に入ったところを、ああやって通りすがりの感じで無償で助けているんですけれども、清水さんの情報力を駆使して、支援するにふさわしいところを探し、見つけるごとに仰さんに教えて、お願いするといいのではないかと思います」

「しかし、調べたんだが、彼はなかなか難しい男で、依頼に対して首を縦に振らないことも珍しくないようじゃないか。きみとて、彼と親密な間柄ではないんだろう？　拒否されたらどうするんだ？」

「確かに。よくご存じで。ですが、心配には及びません。仰さんには、学生時代からの付き合いで、唯一の友と言える、現在中学校で教師をしている近藤さんという方がいまして、その人とは僕はパイプがあり、お願いすればいつでも力になっていただけることになっています。今まで近藤さんからの頼み事を聞いてもらえなかったことはないそうですから、大丈夫でしょう」

「ふうん」

「それから、社会的弱者を支える社会保障でぜい弱な面がこの国では多々見られますが、政治や行政に問題があるにしても、財政が厳しいのは間違いないでしょう。そこで、知り合いに有名なミュージシャンの村上悠香さんという方もいるのですが、福祉や介護の団体などに一定の額を寄付してくれた人には、彼女や賛同してくれた著名人からお礼の手紙が届くようにするだとか、詳細はまだ詰めていませんが、そういったことを行う方向で彼女と話をしています」

「私はその村上という人を知らないが、本当に有名なのか？」

私は脇にいる使用人に訊いた。

「はい。若者ならば、名前を存じない人はまずいないのではないかと思われます」

「そうか。しかし、そんな有名人とつながりがあるくらいなら、すべて自分でできるんじゃないか？　私の協力など必要ないだろう？」

少し突き放すような態度をとってみた。

「いえ。一寸先は闇で、どういうトラブルが起こるかもわかりません。人生経験が豊富な清水さんが後ろについていてもらえると、心強いですから」

私と初めて顔を合わせた人間は物怖じした感じになることが多いなか、この男は前回終始落ち着き払っていたし、かなり肝がすわっている印象を受けた。それでいて、先々のリスクをきちんと考慮もできることを意味する今の発言は、やはり……。

「実はきみの素性も詳しく調べさせてもらったのだが、いくら探しても、まったくと言っていいほど何も出てこない。こんなことは初めてだ。いったい、どこの何者なんだ？　何か企みがあって、孫たちへの助けも私に近づく下心で行っただけなんじゃないのか？」

今や当たり前の存在と化した高齢者への詐欺だが、幾人もの使用人がいる私を標的とするのは危険が大で、普通はしないけれども、それなりの資産があるから、うまいこと金をせしめることができればリターンも大きい。度胸とリスク管理能力を兼ね備えた人間ならば、あり得ない話ではない。

五野は冷静なままで、表情からは何も読み取れなかった。

「僕は僕です。それしか言いようがありません。最初に申し上げましたように、あなたの志を実行に移すメンバーの一人にしていただきたい。この言葉に、嘘、偽りはありませんし、それ以外のやましい考えなど微塵も持ち合わせていません」

私は五野の目をじっと見た。

この男は一見誠実で問題はないように見える。しかし、何かが違う。前回から今回、そして今瞳を覗いても、やはりそれが何なのかはわからない。いつもの私なら、そんな得体の知れぬ相手ならば信用してはならないという本能が働くが、そうした感情がわかないのも不思議だ。反対に、なぜか懐かしい、心地よい感覚に襲われる。本当にこの男はいったい……駄目だ、しっかりしろ。そんなことでは……。

「清水さん」

！

「どうかされましたか？」

「お前だったのか」

「何がですか？」

「いや……。わかった、いいだろう。どんなに善人でも、道を踏み外すことも、人を裏切ることもあるし、その逆もしかりだ。結局、最後は勘と運だ。きみを受け入れよう」

「ありがとうございます」

五野は深く頭を下げた。


結果はわからない。まったく問題はないかもしれない。が、他人の自主性を重んじるから理解していない者もいるが、人選の神経の使いようが半端ではないなど、自他ともに認める用心深い私が、なんと愚かな判断の下し方をしたものだろうか。今までワーストと言っていいかもしれない。

しかし。

自分はどちらかといえば善い人間であると思っていたけれども、打算ばかりだったと気づかされた。

最悪ではあるが、こんなに素直で気持ちの良い選択をできて嬉しくもあった。

第七章

あれ？

私は、大学の食堂で、一人で浮かない顔をしているように見える酒井に気づいた。そして近づいて、空いている隣の席に座った。

「よっ、酒井」

「……ああ」

酒井は少し驚いた表情をした。まあ、おかしくはない。酒井とは同じ高校で、クラスも一緒だったことがあるが、大学では学部が違うのもあってほとんど会わなくなったし、私自身、酒井を見かけたのさえ久しぶりで、軽くびっくりした感じになったのだから。

それはそうと。

「ねえ、噂で聞いたんだけど、ジョーガサキから内定もらったの？」

「ああ、まあな」

「すごーい。さすがだね」

酒井は高校時代も優秀だった。単に成績がいいというだけでなく、本当の頭の良さみたいなのがあるなと思っていた。なんで一流と言われるような、もっと有名な大学へ行かなかったのか不思議だ。知らないけれど、入試で失敗したんなら、浪人する選択肢もあったはずだし。おそらく偏差値とかではなく、きちんといろいろな要素を考慮して決めたのだろう。そういうところにもまた賢さを感じてしまう。

「でも、その割に、なんか暗くない？　どうかした？」

「いや、さっきまでそこに座ってた奴と話してたんだ。日本は借金がすごいうえに少子高齢化で見通し暗いし、就職できてもグローバル競争で先々どうなるかわからないし、憂鬱だよなって」

「やだー、真面目だね。そんなの悩んだってしょうがないじゃん」

がさつなおばちゃんみたいに、つい酒井の肩の辺りをバンバンと叩いてしまった。

「あ、ごめん」

私は友達とそんな話は全然しないもんなー。だけどほんと、悩んだからどうなるわけでもあるまいし。

「じゃあ今度、一緒にキックボクシングでも観にいく？」

「キックボクシングぅ？」

酒井は一瞬、見たことのない間の抜けた顔になった。

「うん。スカッとするよ」

自分が戦っているようにブンブンと腕を動かした。明るい気持ちになるようコミカルにやったのだが、酒井には効果がなかったようだ。

「いいわ。俺、そういうの苦手」

「そう」

そこで、はっとなった。

「ごめん、もう行くね。私、これから相撲を観にいくんだった」

「相撲ぉ？」

再び酒井は間の抜けた表情になった。男なのに、っていうと差別的な言い方になっちゃうけれど、格闘技にまったく興味がないようだ。

「うん。とにかく元気出しなよ。じゃあね」

立ち上がって、席を離れかけたところで、酒井がしゃべってきた。

「そういえば、上野のほうは？　内定」

「まだ」

別に落ち込んだりはしておらず、それを伝える意味で、逆に大げさな悲しい顔をして答えた。

「バイバイ」

それよりも、相撲なんて観てる場合じゃないだろとか思われちゃったかな。まあ、それでもいいけどね。早く行こ。

「上野さん」

うわっ、と。

横の方向から声をかけられた。走りだそうとしたタイミングだったので、つんのめって、危うく転ぶところだった。

「僕のこと、覚えてますか？」

「ああ、うん」

イケメンくん。就職課で会った人でしょ。一度見たら忘れない顔だよ。

「あのときはありがとう」

「いやいや、そんなお礼なんて」

訊かれたちょっとしたことを教えただけなんだから。

「じゃあ、さようなら」

「あ、はい」

よかった。もっと長いこと話されちゃうかと思った。

あれ？　今の彼、なんて名前だろ？　私はあの人に名前を教えたんだっけ？

ま、いっか。

さあ、今度こそ行くぞ。


国技館に着くと、案の定、温田さんに会った。東京での場所はおそらく毎日来る、相撲通のおじさんだ。

「お嬢ちゃん、久しぶりだねー」

「どうもー」

この「お嬢ちゃん」の言い方が、ひどく幼い子どもに話す感じで、毎回気になる。とはいっても、数秒後には忘れてしまうが。

「なあ、知ってるかい？　これ」

おじさんは私の相撲好きを認めてくれていて、顔を合わせれば必ず相撲の情報を教えてくれる。そして、それはただ教えてくれるだけでなく、私がその情報をすでに知っているか、勝負するような意味も込められている。

「え！」

今聞いた話は知らなかった……。最近相撲を気にする余裕はなかったから、元々自信はなかったけれど。

だけどショックなのは、知らなかったことなんかよりも、その内容だ。せっかくの今日の相撲観戦も十分には楽しめそうにない。

昨日、温田さんから聞いたことが気になって、我慢できなくなり、夕方、彼が通う高校に足を運んだ。

いた！

部活帰りらしい生徒がけっこういたから、校門の外で少し様子を見ていたら、自転車にまたがった彼、間堂《まどう》くんが、同じ部員であろう大きなコたちと出てきた。

私は小走りで近づいて、声をかけた。

「ねえ、きみ、笠松部屋の入門の誘いを断ったって聞いたけど、本当？」

「はあ？　何ですか？　いきなり」

「それどころか、相撲は高校でやめるって話も聞いたけど、本当なの？」

間堂くんはためらいがちに返事をした。

「本当ですけど。ところで、あなたは誰なんですか？」

「私？　私は単なる相撲ファンだけど。それより、何考えてんの。私、幼い頃から相撲を見てるけど、きみ、幕内でも十分通用するよ。もったいないじゃない。考え直しなよ」

すると間堂くんはなぜか不機嫌な感じになった。

「買いかぶり過ぎですよ。だいたい、見ず知らずのあなたに、俺のやることを口出しされる覚えはない」

え。

「みんな、じゃあな」

そう口にすると、自転車をこいで行ってしまった。

「あっ、ちょっと！」

もー。

でも、なんで？　気に障るようなことなんて言ってないのに。

間堂くんは、力士としてはやせているが、それを補うだけの鍛えられた体をしているし、闘争心やテクニックに関しては並外れている。相撲をまったく知らない人が見ても多分すごいとわかるくらいのレベルだし、温田さんもプロになったら絶対に出世すると太鼓判を押している。

放課後の学校の廊下で待ち構えていると、間堂くんが別の男のコとしゃべりながら歩いてきた。その隣にいるコは、間堂くんよりさらに細身で、おそらく相撲部員ではないのだろう。

「ああ。部活が終わって帰ろうとしたら、突然現れた、相撲ファンだっていう変な女に言われたんだよ」

「へー」

何を話しているかと思ったら、それって……。

「ちょっと！　変な女って私のこと？」

二人の前に腕組みをして立ちはだかった。間堂くんはキツネにつままれたような顔になっている。

「あなた、何なんですか？　勝手に校舎の中まで入ってきて」

「勝手にじゃない。ちゃんと許可は取ったよ」

当たり前でしょ。

「相撲をやめる考えは変わってないの？」

「なんで変えなきゃならないんですか」

「私の知り合いの相撲好きの人たちも、みんな残念がってるよ」

「知らないですよ、そんなの」

間堂くんはまた不機嫌になって、私を通り過ぎようとした。

「ちょっと待って、ストップ」

そう言って止める仕草をしたが、無視された。仕方なく、私は携帯を取りだして電話をかけた。

「もしもし。はい、私です。はい。はい。ちょっと待ってね」

離れていっていた間堂くんに駆け寄り、携帯を差しだした。

「ねえ、電話に出て」

「は？」

「いいから！」

無理やり耳に押し当てた。

「もしもし、間堂？　もしもーし」

電話の向こうの声が気になったようで、間堂くんは携帯を持って話しだした。

「もしもし。誰？」

「中山だよ」

「ああ……」

「なあ、お前、本当に相撲やめる気なのか？　だったら考え直して、お互いに相撲部屋に入って頑張ろうぜ」

　間堂くんは何をしゃべろうか少し迷った感じになった後、声を出した。

「悪い。やっぱり俺、体格的に不安があるし。それで、今、部活始まるところだから、また今度な。ああ。ああ、じゃあな」

　神妙に話し終えると、怒り顔になって私に携帯を突き返した。

「ちょっと、何なんすか、あんた！」

「だって、とりあえず中山くんに詳しいことを訊いてみようと思ったら、何も知らないって言うからさ。ずっとライバルだったのに、かわいそうじゃない」

「だから、あなたには関係ないでしょ！　もう二度と俺に関わらないでください！」

　そして間堂くんは去っていった。あーあ、また失敗しちゃった。

　ふと、その場に取り残された格好の、間堂くんと一緒にいた男子が目に入った。素直そうなコだ。

「きみは、間堂くんの友達？」

「え？　はあ」

「間堂くん、相撲を続けたほうがいいと思わない？」

「まあ。でも、本人が決めることですから」

そりゃそうだけどさ。

「ところで、なんであのコ相撲をやめる気なのか、わかる？」

「え？　だから、今電話で言ったように、体格的なことでなんじゃないですか？」

「だって、入門時にやせてる人なんていっぱいいるよ。それに、今の体格でも大きい相手を投げ飛ばしたりしてるし、絶対他に理由があると思うんだ」

そうだ。いいことを思いついた。

「ねえ、悪いんだけど、誰か知ってそうな人に訊くなりして、調べてくれない？　わからなかったらしょうがないから、文句を言ったりはしないからさ」

「え……でもなー」

「お願い！　無理はしなくていいから」

「んー……。わかりました」

「ありがとう！　じゃあ、頼むね」

約束した日時に、校門の外で待っていると、頼んだのとは別の男のコがやってきた。

「すみません、間堂について知りたがってる方ですよね？」

「うん。そうだけど」

「対馬から聞きました」

この前の、あのコだ。

「俺、同じ相撲部で、間堂のことをよく知ってるんで、代わりに来たんです」

「そう。わざわざありがとう」

ぽっちゃりして、明るいムードメーカーな感じのコだ。そして、あの対馬くん、言った通りちゃんとやってくれたんだ。頼んで正解だったな。感謝、感謝。

「ここで立って話すのもなんですから、すぐ近くに公園があるんで、そこでいいですか？」

「うん」

本当に間近にあった公園に入ると、ベンチに腰かけたりすることなく、そのコは話し始めた。

「多分、不安であああいうことになっちゃってると思うんですよね」

「多分って、知ってるわけじゃないの？」

「はい。でも、間違いないと思います。マリッジブルーみたいなもんですよ。結婚できるのは嬉しい、だけど不安だ、いっそのことやめちゃおっか、てな具合で」

「そうなのかなー？　そういうタイプには見えないけど」

「じゃないとしたら、あいつけっこう謙虚な奴だから、そんなに甘くないって考え過ぎてるのかもしれない」

そういや最初に会って褒めたようなことを言ったとき、買いかぶり過ぎって口にしてたもんな。それなら納得できる。

「それで、俺もあいつが相撲をやめるなんてもったいないと思ってるんです。なので、協力しませんか？」

「もちろんいいけど、何か考えでもあるの？」

「例えば、もっと別の、あいつが憧れてる力士や親方がいる部屋に誘ってもらうようにするとか、どうですか？」

「なるほど。で、誰に憧れてるの？」

「さあ？　でも、それは訊けばすぐ教えてくれますよ、あいつ」

ただ、わかっても、その部屋が誘ってくれる保証はないし、具体的にどう進めるか……。

ま、とりあえず仲間ができただけ良しとするか。力を合わせていろいろやってみれば、いい方向に転がるかもしれないしな。

「あ！　ここにいたか！」

え？

また別の男子生徒が、こっちに走ってやってきた。

「お前、何やってんの？」

相撲部のコに責めるような態度をとった。

「あ、いや……」

相撲部のコはまずいところを見られたといった顔になった。今来たコは相撲部ではない感じで全体的に小柄で、子どもが大人を叱っているような滑稽な画になっている。

「関係ないなら、行けよ」

「わかったよ」

相撲部のコは私に軽く頭を下げて、スゴスゴと去っていった。

「何なの？　いったい」

残った男のコに訊いた。

「あいつ、間堂が相撲をやめるか、やっぱり相撲部屋に入門するかで、別の奴と賭けてたみたいなんです。そんなマジな賭けじゃなくて、お遊び程度の内容の勝負だと思いますけど」

「そうなの」

何だ。じゃあ、あのコは相撲部屋に入るほうを選んで、そうなるようにする一環で私を味方にしようとしたってことか。

「とにかく、対馬から話を聞いて、俺があなたに間堂のことを説明しにいくことになっていたんです。小学校からの仲で、あいつに関してはだいたい知ってるので。なのに、あなたが見当たらないから、捜してたんですよ」

「わかった。じゃあ、間堂くんのことを教えてもらっていい？」

「はい」

そのコは説明を始めた。

「なんでも、元はあいつのおやじさんが相撲をやっていたんですけど、太ってた影響で体を悪くして、若くして亡くなっちゃったんです。それで、おふくろさんはあいつに相撲をやらせたくなかったらしいんですが、息子を失って落ち込む相撲好きのおじいさんを元気づけたくて、太らない約束で始めたんです。もちろん、今は間堂自身、好きでやってると思いますよ。でも、プロになったら絶対にたくさん食べさせられて、やせたままでいるのなんて無理じゃないですか。それに、今、相撲って、日本人力士が全然活躍できなくて、地上波のテレビ中継がなくなるって噂があるくらい人気が落ちてるし、そういう部分でもおふくろさんを心配させてしまうという気持ちがあるんじゃないかな。とにかく、悩んだすえに出した結論だと思うので、いろいろ言ってあいつを苦しませないでやってもらえませんか？」

「……そう」

そういうことか。確かに、遠慮なくズケズケと言いたいことを言っちゃってたな。

「以上ですし、俺、用があるので、もう行っていいですか？」

「あ、うん。ありがとう。対馬くんによろしく言っといてね。あと、さっきの相撲部のコにもう怒らないでいいからね」

「はい。では、失礼します」

「バイバイ」

ずっと冷たくされたけれど、間堂くん、友達に大事に思われてるし、話の内容からも、いいコなんだな。

でもな。それでもやっぱり相撲をやめちゃうのはもったいないよな……。

あれから何日くらい経っただろうか。

「ただいまー」

家の中から、お母さんが顔を出して声をかけた。

「おかえり。お客さんが来てるわよ」

「客？」

私は、その間堂くんのお母さんの後ろから姿を見せた。

「どうも」

間堂くんははっとした後、一気に険しい表情になった。相当嫌われちゃったようだ。

「ああ？　何だ、あんた、人の家まで押しかけてきて。母さん、この人ストーカーみたいなもんだから、家に入れることないのに」

「失礼ね。せっかくいい話を持ってきたのに」

「何言ってんだ。聞きましたよ、大竹から。わかってもらうために正直に話したらしいのに、なんでまた来るんですか？　とっとと帰ってくださいよ」

間堂くんは私たちを通り過ぎて、奥へ行こうとした。声を出そうとしたら、お母さんが先にしゃべった。

「待ちなさい、裕司。私、先に聞いて、そんな怒るような話じゃなかったから、あんたも聞くだけ聞きなさい。そしたら帰ってもらうから」

「え？」

真剣なお母さんの眼差しで、間堂くんは嫌そうながら私たちがいたリビングに来てくれた。

三人全員がテーブルの椅子に座り、私は正面の間堂くんに話を始めた。

「私が持ってきて、あなたに見せたいのは、これ」

「小相撲──プラン──」と表紙に記載された、書類を差しだした。

「は？　こ、ずもう？」

「『こ』じゃなくて、『しょう』相撲。名称は仮だけど、百キロ未満の力士たちによるプロの相撲組織の案だよ」

「え？」

初め怪訝な顔をした間堂くんの表情が、少し変わった。

「相撲っていうと太った人たちがやるものというイメージで、実際にたくさんいる大きい力士たちの取組は迫力があって相撲の魅力の一つだと言えるけれど、反面、若い人にかっこ悪いと敬遠される要因になっていたり、力相撲であまりにもあっけなく勝負がついて、観る側としては面白みに欠けるなんてことになりやすいでしょ。これはそういったマイナス面を解消することができて、やるのと観るの両方ともに多くの人を獲得できる可能性は十分にあるし、今ある相撲とは実質別の階級という状態になるから対立するものでもない。逆に、こっちがうまくいけば相乗効果で現在ある相撲への新たな関心も期待できる。そうした考えをもとに私が頼りにしたのが、ジョブメーカーの人なの」

「ジョブメーカー？」

「うん。私、今、就職活動中で、そのためにいろいろ調べてたときに知った新しい職業なんだけど、例えば、日本では入社した後で、行う業務を会社から命じられるというのが一般的で、その仕事がうまくできずに会社を辞めてしまうケースがあるみたいだし、他にも、病気や家族の介護で退職せざるを得なくなったり、働く意欲や自信をなくしてしまっている人も多いようでさ。そういった人たちが満足して働ける職場を手に入れるのは大変だし、ひたすら探す以外の選択肢として、本人たちができることから仕事を見つけようというのがジョブメーカーの仕事なんだ。だから、今は存在していない、まったく新しい仕事を創りだすなんてこともするの。それで、私、ピンときて、良さそうな人に相談しにいったんだ。そしたら、おぼろげだったこの小相撲のアイデアが現実になるよう考えてくれて、言ったように相乗効果が期待できるから、今ある相撲のほうに話を持っていって、やると決まったら支援してくれる約束をもらってきてもくれたの。将来的には合併のようなかたちになる可能性もあるってさ」

私は一息つき、間堂くんの隣にいるお母さんに視線を向けて言った。

「そしてお母さんに今の話を聞いてもらって、きみがここで相撲をすることを一応了解してもらったよ」

驚いた間堂くんは、お母さんに尋ねた。

「本当に？」

「うん。うまくいくのか不安のある中身だし、大賛成ってわけじゃないけど、あんたがやりたいって言うならね」

私は続けた。

「私があなたのことをもったいないって言ったのは、能力的な部分も当然あるけれど、相撲に対する熱意や愛情が人一倍あるように感じたから。それはお母さんも一緒だったらしくて、だから、やめさせたい反面、それじゃかわいそうかという気持ちもあったんだって」

お母さんはうなずいた。

「ただ、散々干渉しといてなんだけど、最終的には、あなたの人生だし、あなたの判断。もしそれでも相撲をやめると言うなら、もう一切口は出さない。この案に乗ると言うなら、ジョブメーカーの人に進めていってもらうし、私もできる限りの協力をする。どうする？」

間堂くんは真剣な顔で沈黙し、少しうつむいた。

「俺、平気で言いたいことを口にするあなたに腹が立っていたけれど、内心、若い女性がミーハーな感じではなく、そこまで相撲を思ってくれていることに、嬉しさを感じてもいたんです」

するとふっきれたような表情になって顔を上げた。

「ありがとうございます。必ず俺が相撲界を盛り上げてみせます」

そうそう。力強い、その顔つき、その目。

よかったみたいだな。頑張ってね。


大学の卒業の日。武道館での式が終わって外へ出ると、酒井を見つけて、話をした。

「それで、自分もジョブメーカーに？　まあ、上野らしいっていえばらしいけど」

「ハハハ」

私は昔から行動が大胆などとよく言われ、こうやって驚かれるのは慣れっこだ。

「だからさ、困ったら相談に乗るから、あんまり悪いことを考え過ぎたりしないほうがいいよ」

酒井は一瞬何のことだみたいな顔をしたが、すぐにあのときの会話を思いだしたようで、微笑んで返した。

「ああ、わかったよ」

遠くに穂高さんの姿が見えた。

「じゃあね」

「おう」

手を振って酒井と別れ、穂高さんのもとへ行った。穂高さんは間堂くんの件でお世話になったジョブメーカーで、私は母が亡くなり父は仕事で、今日身内は誰も来ないことを知り、わざわざいいのに、親代わりの気分で見にきてくれたのだった。

「今のコ、なに？　彼氏とか？」

「そんなんじゃないです。以前、就職は決まったけれど先のことを考えると不安だって話してたから、もしものときは力になるよって言ってたんです」

「ふーん、そっか……」

穂高さんはなぜかしみじみといった感じになった。

「どうかしたんですか？」

「いやね、私、ジョブメーカーを始めるのに、五野くんて男のコにいろいろ助けてもらったんだけど、次は私があなたの力になって、あなたがさっきの男のコの力になってあげて。そういう連鎖が思い描いていた理想だったから、ちょっと嬉しくて」

へー、そっか。確かにいいな、それ。

「あれ、酒井っていうんですけど、あいつ、いい奴だから、さらにどんどん続いていきますよ」

「そう？　ならいいけど、でもそれとは別に、あなたは他の人にもいっぱい力になってあげなきゃね」

「はい！　頑張ります！」

第八章

　今、僕は、自分の高校で、屋上へつながる階段を上っている。

緊張していた。一つ段差を上がるたびに、心拍数も上がっている気がする。現在は別だが、去年同じクラスだった白石さんという女子に、屋上に呼びだされたのだ。

階段を上り終え、軽く深呼吸をして、ドアを開けて屋上へ出た。見ると、少し離れたところに、一人の女子がこっちに背中を向けた状態で立っている。おそらく、いや、間違いなく白石さんだ。僕はその方向へ歩を進めた。

　シチュエーションは恋の告白が行われてもおかしくない。白石さんは顔は綺麗なほうだと思うし、僕は今まで女性に告白なんてされたことはないから、そうだったら嬉しい気持ちはもちろんある。しかし、緊張には別の意味もあった。白石さんはいつも不機嫌そうで、不良とは違うが怖いイメージで、みんなからあまり好かれていなかった。今のクラスでも同じような状態なんじゃないかと思う。僕みたいな頼りない男子が好きなふうには見えないし、思い当たることは何もないけれど、文句を言われたりするんじゃないかという不安による緊張だ。そして、そのどっちなのか、はたまた他の用件かもしれないし、まったく予想がつかないのも緊張を増す原因になっている。

ともかく、不安だからといって行かないと、腹を立てているならさらに怒らせてしまうだろうし、自分も不安が続くうえに、それがもっと大きくなるのは嫌だと思い、こうして来たのだ。どうかネガティブでない話、あわよくば告白であることを期待して。

「白石さん」

振り返った白石さんは、いつもの不機嫌そうな顔だった。おそらく告白の線は消えた。

「なに？　話って」

「谷中さ、悩みあるでしょ？」

「え？」

何だ？

「あんたって親切よね。みんな、私をわがままだって嫌って近づきもしないのに、忘れ物を貸してくれたりさ。だから、その悩み解決してあげる」

考えもしなかった内容だ。どういうことだろう。素直に聞いていいのかな？　確かに一緒のクラスだったとき、忘れたものを貸してあげたりしたけれど、そこまで特別親切にしたつもりはない。それに、今は別のクラスで、顔を合わせることさえないっていうのに。

しかし、それよりも……。

「いや、悩みなんて、別に」

「うそ！　どうせ言ったところで解決できないと思ってるんでしょ？　あんた、口が堅いから教えてあげる。私、総理大臣の萩原恭祐の娘なの。隠し子ってやつだけどね」

「えっ」

何だ、それ。冗談？　驚いたほうがいいのかな？

「だから大概のことはしてあげられるわ。さあ、言いなさいよ」

そう言うと、白石さんは少し距離のあった僕に近寄ってきた。

「ほ、本当に大丈夫。悩みなんてないよ」

すごい圧迫感で、僕は後ずさりした。

「ありがとう、心配してくれて」

嫌がって逃げてると思われないように、ゆっくり離れていこうとしたが、小走りになってしまった。ともかく、校舎内への出入口のドアのところまで行って、笑顔で告げた。

「じゃあね」

中に入ると、僕は急いで階段を下りた。

訳がわからない。何だったんだ？　いったい。

学校の帰り、家電量販店に立ち寄った。何か買うものがあるのではなく、特別家電に興味があるわけでもない。ただ、通学路に大きな店舗があり、その中をブラブラするのが好きなのだ。だいたい週に一回くらいは行ってると思う。

こんなの買う人いるのかと思うくらい大きなテレビに、萩原総理が映っていた。人気があり、日本を救う改革者とも言われている。でも、同じように期待された人は過去にもいっぱいいた。そのほとんど、いや、全員と言っていいくらいが、次第に失望を招き、支持率が急落して結果的に短期政権で終わっているのに、なぜか大人たちはこうしたカリスマ的な人が好きで、権力の座に就くことを後押しする。普通の人だけじゃない。知識人と言われる人たちも、日本はおまかせ民主主義だから駄目なんだなどと述べつつ、一方ではこの国の政治家のリーダーシップのなさを嘆き、外国の力のある指導者を褒めたたえる。物事を、みんなで決めるのがいいのか、トップが決めるのがいいのか、どっちがいいと思っているのか全然わからない。その場その場でなんとなくしゃべっているんじゃないかと思う。

そんなことより、言われてみれば、白石さんは萩原総理と似ているような気がする。年齢的にはどうかな？　白石さんが十七くらいで、総理はたしか五十代半ばだったと思うから、おかしくはないか。まあ、男親だし、いくつでも可能性はあるけれど、違和感がないどころかしっくりくる歳の差だな。とはいえ、そこまでそっくりなわけでもない。単に二人とも顔がいいだけだろうと誰かに言われたら、そうかとも思える。

「きみはどう思う？」

え？

「この総理大臣さ」

ありゃ。いつのまにか隣にいた、知らない人に話しかけられちゃった。変な人かな？見た感じは普通そうだけど。

「世間じゃカリスマのように見られてるみたいだけど、俺はそうは思わないんだよね。多分普通だよ、この人。凡人」

うわっ、こっちを見た。

「はあ……」

「でも、だからこそいいと思うな。カリスマ的な指導者なんて、ろくなもんじゃないからね」

どうしよう。政治オタクか、萩原総理のファンみたいな人かな。僕が総理の映っている画面をずっと見てたから、自分と同じように興味があると思ったんだろう。何にしても、黙って聞いてると長くなりそうだ。

「すみません。用があって、もう帰るので」

そう言ってその場を離れると、さすがに追ってきたりはしなかった。

乗ってきた自転車で、僕は店を後にした。


夕方、自宅のリビングでぼーっとしていた。

「……萩原総理が、ウエルズ大統領と会談しました」

それを聞き、ついていたテレビに視線を向けた。

「大統領は、萩原総理の常識にとらわれない発想力や、組織をまとめあげる統率力などを高く評価し、『期待している』と述べ、経済をはじめ低迷する日本の立て直しを強く求めました。それに対して『必ずやってみせます』と応じた萩原総理が、高い支持率を背景にどこまで改革を進められるか、その手腕が注目されます」

画面には、萩原総理が大統領と笑顔で握手している場面が映しだされている。

頭の中に白石さんの顔が浮かんだ。

「まさかね……」

すると、玄関のドアが開く音がした。そしてその直後、母が速足でそこまで行く音も。

父が帰ってきたようだ。

「どうだった？」

母の急かすような問いかけに、父が答える声が聞こえない。何も言っていないのだろう。

「もー。あなた、今まで会社で何してたの？　なんで経験が評価されないのよ」

母が落胆と怒りが混ざった感じの声を出した。

「しょうがないだろ。経験よりも年齢の高さのマイナスが大きいって考えてるんだよ」

父もいらだっているようだ。

「それより、きみにはがっかりだよ。こんなとき妻は温かく支えるものなんじゃないのか？　それをグチグチと」

「何よ。あなたなんて、優しそうな顔して、家事も育児も私に任せっきりで、感謝したこともないくせに。今まで安い給料のなか、私がどれだけやりくりしてきたかわかってんの！」

「なにー！」

「なによー！」

また始まった。最近ずっとこんな調子だ。前はケンカなんてほとんどしなかったのに。

父がリストラに遭い、それがきっかけで、お互いの過去の不満なんかも言い合うようになってしまった。このままだと、離婚なんてことになってしまうかもしれない。

「ハー」

僕はテーブルに載せていた両腕に顔をうずめた。


朝、起きていくと、父はリストラに遭ってからそうなのだが、以前と変わらずこの後会社へ行くような服装で、テーブルの椅子に座って新聞を読んでいた。

「おはよう」

声をかけて向かいに腰を下ろした僕は、直後に驚いた。父が手にしている新聞の一面に「求職者を全員公務員で失業率〇％へ　政府検討」という見出しがあったからだ。慌ててテレビの電源を入れた。

ワイドショーっぽい朝のニュース番組で、軽妙なトークで主婦を中心に人気がある中年の男性司会者が、ちょうどそのことについて話していた。

「つまり、別枠のようなかたちで、就職に失敗したり、リストラに遭った人などを、公務員として受け入れますよということですね。総理の口から出たというこの案、米山さん、どう思われます？」

横にいる、司会者より多分少し年上の、ズバズバものを言いそうな男のコメンテーターに意見を求めた。

「あり得ないでしょう。公務員の数が多くなり過ぎますよ。日本は借金まみれで、逆に減らすべきだと言われているのに。萩原総理は策士で、どんな難題でも解決してしまうようなイメージがありますが、これは無理な話で、正気な発言だとは思えません」

気づいたら父もテレビを見ていた。どう思ってるんだろう？

「これ、どうなの？」

父は新聞のほうに視線を戻しながら答えた。

「今、言ってただろ。あり得ないよ」

「でも、実現したら助かるんじゃないの？」

けっこう強い口調で言ってしまった。父が少し驚いた感じの表情をしたのが見えた。

「まあ、そうだな。うん」

父の話し方があまりにも冷めていたからだけれど、それにしても、なんでそこまで強く言っちゃったんだろうと自分で思う。

気まずいこともあって、僕はまたテレビに目をやった。

「与野党の反応ですが――」

やっぱり、娘である白石さんが、萩原総理になんとかするように頼んだということか。

そうでないとおかしいくらいだ。最近失業率が急上昇しているなんてことはないし、「なぜ、今、こんなことをやろうというのか。経済が冷え込んでいるといっても、日本の失業率は四、五パーセントで、大変な思いをして職に就いている人も多い、残りの九十五パーセントの大半には不評だろうに、理解できない」とテレビで言っている人もいた。だけど、もし本当に娘だとして、しゃべってないのに、白石さんはうちのことをどうやって知ったんだろう？　それくらいは父親が総理大臣なら簡単にわかるものなのだろうか？　だったら、わざわざ僕に悩みを尋ねてきたのは何だったんだろう？

いろいろ訊きたいが、ただでさえ学校で親が失業している話題なんてしづらいうえに、屋上で逃げるような態度をとってしまった僕に腹を立てているかもしれないし、うっかり誰かに聞かれるかもしれないから総理のことをあまり口にしないほうがいいだろうし、ちゃんと話ができるか不安で、いつも白石さんに声をかけられないで時が過ぎてしまう。白石さんのほうからも、あれから何も言ってこない。

今日も家電量販店に行った。少し歩き回った後で見たら、この前声をかけてきた人がまたテレビのところにいた。そこにあるテレビの画面すべてに萩原総理が映っている。たまたまだろうが、総理のことが好きみたいだったし、まるでその人が操作してそうなっているかのようだった。

また話しかけられると嫌なので、気づかれないようにその場を後にした。

家に着くと、すぐに、録画した国会中継を再生した。国会中継をじっくり見るのはこれが初めてだ。

「求職者を全員、公務員にするという話で、さまざまな臆測が飛び交っていますが、政府としてどうされるおつもりなのか、はっきりお聞かせいただきたい」

テレビ番組でけっこう見かける、四十代くらいの男の野党議員が、強気な態度で訊いた。

「木戸厚生労働大臣」

委員長に指名されて、木戸大臣が答弁した。真面目だが頼りないという印象の人だ。

「それに関しましては、検討中としか申し上げられません」

野党議員がすぐさままた立ち上がった。

「聞きましたね、皆さん。検討中、つまりその件は誤報ではなく実際に出た話で、しかも報道によると総理の意向であるといいます。私は、いや、まともな人なら誰もが、それをやったら日本はつぶれると思うでしょうが、やるんですね？　総理」

手を挙げて答えようとする木戸大臣に対し、質問している野党議員は大声で言った。

「総理！　総理に訊いてんだ！」

「萩原内閣総理大臣」

委員長に促され、萩原総理が前に出てきた。

「国民のために何をするのがいいのか、あらゆる可能性を模索し、その時々に最適と思われることをやっていくだけです」

それだけ述べて、席へ戻っていった。

「何なんだ、それは？　答えになってないじゃないか！　やるのかやらないのか、はっきりしなさいよ！」

野党議員は、やじのような言葉をぶつけた。

「総理！　総理！」

萩原総理は動揺している様子はなく、じっと座っていたけれど、どう見ても野党議員のほうに分があった。

やっぱり無茶な話なのか。

「最新の世論調査で、萩原内閣の支持率が五十六パーセントと、前回の調査から二十ポイント近く下落しました。求職者を公務員にする案に『反対』もしくは『どちらかといえば反対』と回答した人が合わせて八割を超えており、これが影響したものと思われます。また、沼田氏ら三名が離党届を提出し、高い支持率によって求心力を得ていた萩原内閣の弱体化は避けられない見通しです」

日に日に萩原総理の立場は悪くなっている。過去の政権と同じような流れだ。一度大きく下がった支持率を回復させるのは至難の業だと聞いたこともあるし、かなりやばいんじゃないだろうか。それと、昨日から白石さんが学校を休んでいる。父親が心配で体調を崩してしまったのだとしたら、僕が頼んだわけじゃないけれど、悪いことをしたような気持ちにもなる。だけど、あの案を本当にやるにしても、実施する頃にはさすがに父はどこかしらで働けるようになっている可能性が高いし、それくらいのことは向こうもわかっているはずだ。もちろん絶対とは言いきれないし、その新しい勤め先だって後々どうなるかわからないから、実現されれば安心ではあるんだろうけれど、無理なら仕方ないんだから、諦めてくれていいんだけど……。

家電量販店のテレビ売り場に、やっぱりあの人がいた。もう偶然とは思えないほど、周りの画面はすべて萩原総理だ。総理がしゃべるのを聞いて納得している感じで、何度も軽くうなずいている。

「あ、萩原だ。とっとと辞めろよな、あいつ」

離れたほうから歩いてきた、高校生と思われる三人組のなかの一人が、テレビを見て言った。

「なー。誰でも公務員になれるなら、役所はバカだらけになるし、勉強とか努力する奴いなくなるじゃんな」

別の一人が続けた。きつめの口調とは裏腹に、全員真面目で勉強ができる印象だ。視線を戻すと、あの人はまだ萩原総理を凝視して好意的にうなずいていた。その姿は明らかに浮いていた。

僕は店を出た。今日来たとき、一直線にテレビ売り場へ足を運んで、あの人がいるかを確認してしまった。なんでそんなことしてんだろうと自分で不思議だったが、見つけて安堵しているのに気づいて、わかった。あの人が、自分と同じような気持ちで萩原総理を見ている気がしたからだ。平日の昼間にあんなところにいるんだから、あの人も失業中なのかもしれない。

家に着いてテレビをつけると、夕方のニュースに、誰もいない首相官邸が映しだされていた。

キャスターの声が流れた。

「くり返します。萩原総理が求職者を公務員にする法案の提出を決めたもようです。この後、カメラの前で記者の質問に応じるということです」

え？　本当に？

ほどなくして、萩原総理が画面の中央にやってきた。記者が問いかける。

「求職者を公務員にする法案の提出を決断されたそうですが？」

「はい」

萩原総理は堂々とした態度で、はっきりと答えた。

「これまで、明確な態度を示さず、説明を行わなかったことを、まずはお詫びしたいと思います。経済が停滞し、国民の生活、財政、ともに悪化の一途で、経済の専門家の方々を中心に大胆な規制緩和を断行すべきだという意見をよくうかがいます。確かに、ゆがんだ規制はなくすべきでしょうし、より活発に競争できるようにすれば、数字はプラスの方向に行くでしょう。しかし、それが全体として国民に好ましい結果をもたらすのか疑問があります。まず、間違いなく格差は拡大するでしょう。安定した立場の正社員でも、今でさえ異常なほどの長時間労働をしている方がたくさんおられるのに、さらに頑張らなければならないようにして大丈夫でしょうか？　私は、オランダの成功例もありますし、ワークシェアリングを積極的に進めていくべきだと判断しました。長時間労働をなくし、子育て中の方やお年寄り、そしてもちろん失業中の方も、短時間でも、一時間当たりの給与額などの待遇は等しくして働けるようにする。そしてその第一歩として、公的機関でできる限りのワークシェアを実行しようというのが、今話になっていることなのです。現実には、仕事をしたい人すべてを受け入れるのは難しいかもしれません。しかし、体感することで、民間でワークシェアが進むように行政全体でたくさん知恵が出てくるのではないかと思いますし、失業しても働ける可能性が高い場があるということで、公務員からさまざまな分野にチャレンジをしに出ていく人が増えて、そのぶんまた職のない方を受け入れられるといった好循環が起こるかもしれません。国民の皆さんの意見はうかがいます。ですから急ぎません。競争がいいのか、それとも、共生がいいのか。私ならば共生を選ぶということです。近年、異なる立場による分断が進んでいるように感じます。過剰な競争は、その亀裂をさらに深めてしまうでしょう。皆さん、完璧な人間はいません。お互いの足りない部分を補って支え合う社会をつくろうじゃありませんか」

そうして一通りの説明が終わり、記者の質問に答えていった。

総理のあの会見の翌日から、白石さんは学校に戻ってきた。数日間、僕は以前と変わらず声をかけられないでいた。

学校の外なら、周りの目もないし、なんとか話せるかもしれない。そう思って放課後、帰る白石さんの後を追った。校門を出て少し行ったところで、近づこうかと思ったら、二十代か三十代くらいの背の高い男が白石さんの前に現れた。

「なに？　迎えにくるなって言ってあるでしょ」

白石さんは相変わらずの不機嫌口調で、そうしゃべった。

「すみません。車では来ていないので、ご勘弁を」

どうやら召し使いみたいな人のようだな。二人は並んで歩きだした。

「お父さま頑張られて、あっという間に悪くなっていた評価を変えられて、さすがです。このままいけば、法案も予想以上に早く成立しそうですね」

「まあ、やることが決まれば、物事をうまく運ぶ能力だけは天才的だからね」

「しかし、解決法を導きだすためとはいえ、部屋に何時間もこもって、根を詰めて考えるのはおやめになったほうがよろしいかと。お体が心配です」

「余計なお世話よ。だったら私が考えなくていいように、親父になんとかしてもらいたいわ。ほんと、ひらめきの『ひ』の字もないような人なんだから」

え？　あれは、白石さん自身が考えたってことなのか？　まさか、学校を休んだのも、あの会見で総理が言っていた内容を練っていたため？　それに、今の話し方だと、これまで別の件でも代わりにどうするか考えたりしてきたのか。

「だいたい、あんたが、谷中が困っていることを私に伝えるように仕向けたんでしょ？」

「え？　何のことですか？　私はまったく……」

「うそ！　二十歳くらいの、五野って男にさ。私に政治家になるための修業を積ませたいからって、ずいぶん手の込んだことをするようになったわね」

「存じ上げませんが……。ともかく、政治家をやる気にはなられましたか？」

「まさか。絶対にないって言ったでしょ。私、頭下げたりできないし、気に入った人のためにしか頑張れないし。何より、本当はどうしようもないあの総理の娘なんだから、やめといたほうが国民のためだわ」

白石さんが萩原総理の子どもであるのが間違いないとわかり、改めて驚くとともに、なにやら萩原総理を裏から操縦でもしている感じで、びっくりだ。しかしそれよりも、「気に入った人のためにしか頑張れない」って……。僕だってクラスメイトなどにそんなに好かれたりしていないのに、感動か、感激か、なんていう言葉が合っているんだろう？　それなのに、僕は屋上で本当にひどい態度をとっちゃったな。

朝、かなり早く登校して、下駄箱のところで待っていた。

「白石さん！」

やってきた白石さんに近づくと、にらむような顔になったが、構わない。

「ありがとう」

「は？」

「いや、悩みさ。あれ、そうなんでしょ？」

「何が？　もしかして、前に言ったことなら冗談よ。知り合いに総理の親戚がいるから、うまいことだまして、からかえるんじゃないかと思っただけ。だいたい、あんた、私に悩みを話さなかったくせに、何ができるっていうのよ！　バカ！　ふんっ！」

そう言うと、プイッと顔を背けて、廊下へ行ってしまった。

途中から急に怒りが強くなったので茫然としてしまったけれど、そんな腹を立てる姿も可愛らしく思えて、僕は微笑んだ。


学校の帰りに家電量販店に寄った。萩原総理は最初あの人が言っていた通りの人だったなと思い、少し話してみようかなと考えたが、いなかった。テレビ売り場だけでなく、どこにも。

店を出ると、サッカーの日本代表のユニフォームを着た人が前を通り過ぎて、一瞬あの人かと思ったけれど、違った。そうじゃないかと思ったのは、背番号が五番だったからだ。

あの人は、ユニフォームはなかったが、いつも背中に数字の五がある服を身につけていた。

なぜか、ふと、もう会うことはないんだろうなと思った。

※

五十歳を少し超えた女性が、十代後半の自分の娘と、水の入った桶と花を持って墓地を歩いている。

女性が娘にしゃべった。

「おばあちゃん、死ぬ前にしょっちゅう『お願いします』って、何かお祈りしてたじゃない？」

「ああ、そうだね」

「心残りなことがあったんじゃないかって、ずっと引っかかってんのよね」

女性は表情を暗くした。

すると、近くから声がした。

「それはきっと、世の中の一人でも多くの人が幸せになりますようにって願ってたんですよ」

いつのまにか目の前に、若い男が立っていた。

「はあ……」

女性はきょとんとした。見覚えのない人だったからだ。ずいぶんと綺麗でモテそうな容姿をしている。

「すみません、突然。僕、以前に神社で、おばあさんがすごく熱心にお祈りされてたので、気になって直接うかがったんです。そして、それから少し仲良くもさせていただきまして」

礼儀正しくそう話すと、頭を下げて告げた。

「では、次のところへ行かなくてはいけないので、失礼します」

男が通り過ぎると、女性は母親が眠る木村家の墓に花が供えられ、線香に火がついているのに気がついた。

「あの！」

何かを言おうとして、勢いよく振り返った。

「あれ？」

しかし、もう男の姿はなかった。辺り一帯を隈なく見たが、影も形も。

気づくと、雨が降ってもいないのに、空に虹が架かっていた。女性は心の中にずっとあった霧が晴れていくのを感じた。

柿井　優嬉（かきい　ゆうき）

【著書】
『お笑い10行小説』（東京図書出版）
『お笑い10行小説Ⅱ』（東京図書出版）
『ギャグ小説』（東京図書出版）

えんご

2023年３月25日　初版第１刷発行

著　　者　柿井優嬉
発 行 者　中田典昭
発 行 所　東京図書出版
発行発売　株式会社 リフレ出版
〒112-0001　東京都文京区白山 5-4-1-2F
電話 (03)6772-7906　FAX 0120-41-8080
印　　刷　株式会社 ブレイン

ISBN978-4-86641-620-5 C0093
Printed in Japan 2023

落丁・乱丁はお取替えいたします。
ご意見、ご感想をお寄せ下さい。